滿員再選
의원귀환

FANTASTIC ORIENTAL HEROES

성상영 新무협 판타지 소설

의원귀환 8

성상영 新무협 판타지 소설

초판 1쇄 찍은 날 § 2015년 1월 26일
초판 1쇄 펴낸 날 § 2015년 2월 2일

지은이 § 성상영
펴낸이 § 서경석

편집부장 § 권태완
편집책임 § 이창진

펴낸곳 § 도서출판 청어람
등록번호 § 제387-1999-000006호
등록일자 § 1999. 5. 31
어람번호 § 제2-2565호

주소 § 경기도 부천시 원미구 부일로 483번길 40 서경B/D 3F (우) 420-822
전화 § 032-656-4452 팩스 § 032-656-4453
http://www.chungeoram.com
E-mail § chungeorambook@daum.net

성상영 新무협 판타지 소설

8

滿貞海選

의원귀환

FANTASTIC ORIENTAL HEROES

도서출판 청어람

제1장	일상	7
제2장	화산파의 방문	29
제3장	전염병	51
제4장	끓어오르다.	73
제5장	충돌	95
제6장	마혈신외공의 진수	113
제7장	뒷수습	131
제8장	좋지 않은 소식	155
제9장	오래된 인연	173
제10장	동행	193
제11장	무림맹에서	213
제12장	대화	231
제13장	생각	249
제14장	맹주회견	271

第一章

일상

사람의 일상은 모두가 다르다.
그리고 그 일상이 모여서 평생이 된다.

강호야사 제갈곡

호롱불이 하나 켜진 방.

수수하게 꾸며진 방이지만, 산서성에서는 누구도 무시할 수 없는 사람이 기거하는 방이다.

여덟 평 남짓한 이 방의 주인은 겉으로 보면 젊고 잘생긴 미공자이지만 지금 강호에서는 이 사내를 아무도 가볍게 보지 못했다.

의선문주 생사판 장호.

본래 생사판이라는 별호는 그의 의술 때문에 붙은 것이다.

그러나 지금에 와서는 그의 무공이 상대의 생사를 판단한다는 의미로 널리 쓰이고 있었다.

그만큼 그의 무위는 널리 알려졌고, 그의 문파인 의선문 또한 강호에서 그 누구도 쉽사리 볼 수 없는 문파라는 것은 잘 알려진 사실이다.

특히 의선문은 강호 문파보다는 마치 관군과 같은 형태로 싸우기 때문에 더더욱 강력한 세력으로 알려져 있었다.

그런 의선문의 문주인 장호는 지금 자신의 방에서 탁자에 중원의 지도를 펼쳐 놓고 생각에 잠겨 있었다.

그의 시선은 불타는 듯했고, 지도에 쓰인 글귀를 그는 천천히 읽고 있다.

"역시 알 수 없어. 황밀교의 본단이 어디인지는 모르겠단 말이지."

황밀교.

장호가 과거로 돌아오게 된 계기가 된 집단.

그들은 강호 전복을 노리고 있고, 궁극적으로는 황실을 전복시켜 천하를 장악하려는 의도를 숨기고 있다.

황궁에도 그들의 끄나풀이 잠자고 있으며, 강호 전반에 걸쳐 그들의 간자들이 득실거리고 있는 상황이다.

이제 몇 년 후면 황밀교의 난이 일어나게 된다.

그들이 난을 일으킬 때 세상은 대격변을 맞이하리라.

자신은 아직 준비가 부족하다.

또한 의선문 내부에도 그들의 끄나풀이 없을 수가 없다.

이제부터는 그런 것들에 대비해야 한다.

그러기 위해서 가장 효과적인 것은 그들의 근거지를 찾아내 공격하는 것이지만, 전생을 하기 전에도 장호는 황밀교의 본진이 어디인지 알지 못했다.

본진이라 생각하고 찾아간 곳에서 함정을 맞이하여 죽음에 이르지 않았던가?

만약 그때 사마밀환이 없었다면…….

"광서성, 운남성, 이쪽은 대충 정리가 끝났다. 여기서 두 개 세력만 더 없애 버린다면 무게 추를 조금 더 기울게 할 수 있을 텐데……."

황밀교의 난, 그리고 정사대전.

장호는 곰곰이 생각에 잠겼다. 황밀교가 준비되지 않았을 때 그들을 타격하려면 어찌해야 하는가?

어차피 사파들은 꼬리다.

그들도 무시할 수 없는 세력이지만 지금 장호는 사파들을 정리할 자신이 있었다.

흔히 십대고수라고 부르는 이들이 아니라면 장호는 대부분의 절대고수들을 이길 수 있다고 자신하고 있는 상황이기 때문이다.

실제로 검치만 해도 방심하다가 장호의 손에 죽임을 당하지 않았는가?

물론 이제는 장호를 얕보는 이는 하나도 없을 터이다.

더구나 장호는 무기가 많았다. 독에도 조예가 깊으며, 각종 무공과 상황 변화에 따른 임기응변에도 능했다.

"흐음……."

장호는 생각을 정리하다가 서책을 정리하고 자리에서 일어섰다. 그리고 방을 나서서 연공실로 향했다.

연공실은 보통 지하에 만들어 보안을 철저하게 한다. 장호가 만든 연공실도 그러했다.

장호는 지하 연공실로 들어섰다.

어찌 된 일인지 안쪽에는 독기가 가득했는데, 이는 오독문에서 가져온 흑각 일곱 개 때문이었다.

흑각은 독의 정화로 제법 강한 독기를 계속해서 생성하는 공능이 있었다. 그런 게 일곱 개나 모여 있으니 그 독기가 무시무시했다.

장호는 그 안에 들어가 좌정하고 선천의선강기를 운기하기 시작했다. 그러자 그의 코뿐만 아니라 전신으로 독기가 빨려들며 흡수되는 것이 아닌가?

이미 경지에 이르러 피부로 호흡이 가능해졌기에 이런 현상이 일어난 것이다.

독기는 빠르게 장호의 몸으로 스며들었고, 그것은 곧 장호의 몸에 안착하며 몸을 자극했다.

오독문의 금지인 독지에서 독을 흡수하여 이미 금강불괴에 달한 몸인지라 흑각의 독으로도 제대로 자극이 되지 않았다.

그러나 자극이 되지는 않더라도 그 기운은 그대로 흡수되어 단전에 합류했다.

선천의선강기의 진기가 너무나 강맹하고 많아서 흑각의 독기는 금세 흡수되어 정화되었다.

이는 선천의선강기의 내공 수련 속도를 배가시켜 주는 효과를 일으키고 있어서 장호에게 큰 도움이 되고 있었다.

경지가 오를 수 없다면 다른 수단을 쓴다.

장호는 지금도 그러한 방법을 차분하게 사용하고 있는 것이다.

현재 장호는 내공 증진 보조제를 먹은 상태이고, 거기에 흑각 일곱 개의 독기마저 흡수하고 있는 상황이다.

또한 이 연공실 역시 진법을 이용하여 만들었기에 자연지기가 충만한 곳이다.

여기에서라면 장호는 내공 수련에 적어도 열 배의 효율을 얻을 수 있었다.

그렇다.

일 년 수련으로 십 년의 내공을 얻는 것이 가능해진 것이다.

물론 이 모든 것은 돈과 지식의 결합체다.

의학 지식에 돈, 선천의선강기를 익힌 사람이니까 가능한 것이다.

만약 장호와 같은 존재가 아니라면 이런 비정상적인 연공실을 만들 수 있는 자는 거의 없다고 보아야 했다.

장호는 그렇게 날이 밝을 때까지 내공 수련에 매달렸다.

선천의선강기의 내단이 단전에서 점점 커지고 단단해지는 것을 장호는 느낄 수 있었다.

이윽고 날이 밝았을 때, 드디어 장호는 자리에서 일어섰다.

하루가 시작되었으니 일을 처리할 시간이었다.

*   *   *

장호의 하루는 꽤나 바빴다. 이제는 거대 방파의 주인이 되었기 때문에 당연한 일이다.

그럼에도 장호는 한 달 중 적어도 십 일간은 환자들을 직접 치료했다.

여기서 중요한 것은 부호들만 치료하는 게 아니라는 점

이다.

바로 의방의 일반 환자들을 직접 치료한다는 것.

하루 두 시진 정도이지만, 그것만으로도 의선문의 의방은 천하제일을 논하게 만들었다.

장호에게는 만능의 명약이라고 할 수 있는 선천의선강기가 사 갑자에 가깝게 존재하기 때문이다.

이 정도면 잔병치레를 하는 이들의 경우 하루 백 명도 깨끗하게 치료하고, 중병이라면 적어도 열 명은 완치시키며, 오늘내일하는 병자라면 다섯 명을 중병으로 완화할 수 있는 수준이다.

내가진기로만 치료해도 이 정도인데 여기에 신묘한 의술로 치료를 더하면 더 많은 이를 치료할 수가 있다.

때문에 장호가 치료하는 날에는 모든 환자들이 장호를 의선이라 부르며 공경하였다.

"자, 다 되었습니다. 아직 천수가 많이 남았으니 자식들 봉양받으시며 잘사셔야 합니다."

나이가 예순이 넘은 노인의 치료를 끝낸 장호의 말에 노인이 고개를 깊이 숙여 보였다.

"고, 고맙습니다, 의선님."

"의선이라니요. 그냥 의원일 뿐입니다. 자, 아드님께서도 잘 돌아가세요."

"감사합니다! 감사합니다!"

장호는 빙그레 웃으며 이들 부자를 바라보았다.

노인과 장년인이 진료실을 나서자 장호는 옆의 의원에게 말했다.

장호가 치료를 할 때에는 한 명의 의원이 공부 겸 보조를 하기 위해서 붙어 있기로 했다.

"다음 환자."

"예."

보조 의원은 즉시 환자를 데려왔고, 다시금 진료가 시작되었다. 장호는 우선 눈으로 환자의 상태를 살피고 손을 들어 환자의 몸 여기저기를 더듬었다.

그리고 맥을 짚고 한 줄기 진기를 흘려보내 상대의 몸 내부를 느껴보았다.

"음, 최근에 기침하다가 피를 토하지 않았습니까?"

초췌한 안색의 중년 여인은 남루한 복색에 상당히 말라 있었다.

장호의 의선문이 활동하면서 산서성에서 거지는 거의 사라졌지만, 그렇다고 빈민이 아예 없어진 것은 아니었다.

이 여인도 그런 사람 중 하나이리라. 나이는 이제 마흔쯤 되었을까? 아니, 고생을 많이 해서 마흔으로 보이는 것일 뿐 사실은 서른쯤일지도 몰랐다.

"마, 맞아요."

"그런 지 얼마나 되었습니까?"

장호는 이미 진기로 그녀의 내부를 살펴보았기에 대략적인 사항은 알았지만 그럼에도 물어보았다.

정확히 하기 위해서였다.

"대, 대략 한 달……."

"한 달이라……."

한 달 만에 이리 나빠질 수 있는가?

지금 장호의 앞에 앉아 있는 여인은 폐결핵을 앓고 있었다.

한의학에서는 이를 노채, 또는 허로(虛勞)라고 불렀고, 이는 전염이 되는 병이기도 했다.

다만 장호가 보기에 이 중년 여인은 그 병의 진행 속도가 빨랐다.

"집에 가족이 몇이 있으십니까?"

"그건 왜……?"

"전염병입니다. 심각하게 전염되는 것은 아니지만… 가족분들은 전염될 가능성이 있습니다."

"전, 전염병이요?"

중년 여인의 얼굴이 창백해졌다.

"저희 의방 중환자실에서 치료를 받으시는 것이 좋을 듯

합니다만⋯⋯."

"아, 안 돼요. 딸아이밖에 없어서 그 애를 혼자 두
면⋯⋯."

"그러시면 딸아이도 저희 의방에서 머무시지요. 어떻습
니까?"

장호는 최대한 이런 이들을 돕고 치료해 주고자 했다. 하
지만 그것도 환자가 마음을 먹어야만 해줄 수 있는 일이다.

강제로 치료를 해줄 수는 없지 않은가?

"그건⋯⋯."

중년 여인은 무언가를 고민하는 듯했다. 그러더니 고개를
내젓는다.

"말씀 감사합니다, 의선님. 하지만 저희의 사정이 허락하
지를 않아서⋯⋯."

제법 배운 바가 있는 모양이다.

장호는 그리 생각하며 중년 여인을 바라보았다.

"위험할 수 있습니다. 지금 상황에서 외래로 치료하시게
되면 치료 기간이 길어질 수 있고, 그것은 따님에게 전염되
는 결과로 나타날지도 모릅니다. 게다가 자칫 외부에서 일
이 생긴다면⋯ 목숨을 잃게 될 겁니다."

"아⋯⋯."

장호의 말에 그녀는 한참을 고민했다.

"그래도… 약을 부탁드리겠습니다."

"으으음, 그러시다면 알겠습니다. 이리로 누우시죠."

장호는 중년 여인을 옆의 침상에 눕게 하고 거침없이 상의를 벗겨내었다.

중년 여인은 부끄러운 표정이었으나, 장호도 그 옆의 보조 의원도 무표정하고 딱딱한 얼굴이다.

중년 여인의 상체는 마른 가슴에 땟자국이 여기저기 있었다. 목욕조차 제대로 하지 못했음이다.

장호는 겉으로는 무표정했으나 속으로는 딱함에 혀를 찼다.

장호가 장작 사업을 주관하면서 시내에서 아무리 빈민이라도 장작을 구하지 못하는 일은 없었다.

덕분에 이번 겨울에는 얼어 죽는 이가 거의 없었다고 한다.

그리고 얼어 죽지 않을 정도로 불을 피운다면 당연히 뜨거운 물도 얻을 수 있다.

그러니 목욕을 못 하는 이도 크게 줄어들었다.

목욕은 건강에 좋다.

청결은 질병을 물리친다.

그러한 이야기는 이곳 산서성에서는 의선문 덕분에 상식이나 다름없어서 다들 목욕은 제법 하고 살게 되었고 질병에 걸리는 이가 크게 줄어든 것도 사실이다.

그런데 이 중년 여성은 무엇인가?

장호는 속으로 혀를 차면서 보조 의원에게 말했다.

"물, 수건, 독주."

"예."

보조 의원은 대답과 동시에 밖으로 나가더니 빠르게 물이 담긴 대야와 깨끗한 수건, 그리고 독한 술이 담긴 병을 들고 들어왔다.

장호가 물에 손을 넣고 내기를 돋우자 물이 뜨거운 김을 내며 달아올랐다. 장호는 그 안에 수건을 넣었다 꺼내어 중년 여인의 몸을 닦아냈다.

이어 술을 뿌리고서 한 번 더 닦아냈다. 그러자 땟자국이 사라지고 나름 깨끗해졌다.

장호는 손을 들어 가슴 사이의 명치에 놓았다.

"부인, 목욕을 자주 하셔야 합니다. 깨끗하면 질병의 좋지 않은 기운이 물러나는데 이를 어기면 작은 병도 큰 병이 되고 큰 병은 목숨을 앗아가는 병이 되기 때문입니다. 지금은 치료를 하기 전에 좋은 기운을 나누어 드리는 것이니 긴장하지 않으셔야 합니다. 아시겠습니까?"

"네."

장호는 그제야 선천의선강기를 일으켰다.

생명의 기운이 노도와도 같이 일어나 그녀의 전신으로 밀려들어 간다.

그러는 한편 장호는 반대쪽 손으로 침을 놓기 시작했다.

평범한 침이 아니다.

선천의선강기가 서린 침이다.

그렇게 스물다섯 개의 침을 놓고 뽑는 동안에도 장호는 장심을 명치에서 떼지 않았다.

이윽고 시술이 끝났을 때다.

장호는 무려 일 갑자를 소모했고, 이마에는 땀이 흥건했다. 중년 여인의 상체에서는 검고 찐득한 물이 잔뜩 흘러나와 있다.

"닦게."

"예."

보조 의원이 즉시 달라붙어 그 찐득한 것을 닦아내고 술을 뿌렸다.

중년 여인은 자신의 몸에 일어난 변화를 믿을 수 없다는 듯 바라보았다.

"부인께서 앓고 계신 병은 허로라고 합니다. 폐에 병기가 서리고 숨을 내쉬면서 전염시키는 병이지요. 조기에 치료하면 그리 무서운 병이 아니지만 시간이 지나면 폐를 망가뜨려 결국 목숨을 빼앗는 병입니다. 제가 오늘 크게 힘을 사용해 허로를 약화시켜 놓았고, 약을 지어드릴 터이니 제시간에 정확한 용법에 맞게 드시면 완쾌되실 겁니다. 하나 이 병은 따님에게 전염되었을 수도 있고 또한 너무 무리하시면 재발하게 되니 각별히 몸을 조심하여야 할 것입니다."

"그, 그렇게 중한 병인가요?"

"중하다고도 볼 수 있고 아니라고도 할 수 있습니다. 전염병 하면 다들 두려워하지만 사실 감기도 전염병입니다. 하지만 그리 심한 병은 아니지요."

장호의 침착한 설명에 중년 부인은 우선 옷을 입으려고 했다. 그런 그녀를 장호가 제지하며 보조 의원에게 말했다.

"깨끗한 옷을 드리도록. 그리고 갈아입기 전에 목욕도 시켜드리고."

"예."

"부인께서는 우선 목욕을 하시고 그 옷은 버리십시오. 이미 허로의 기운이 침범하여 깨끗이 태우는 것이 좋습니다. 그리고 약을 지어드릴 테니 몸조심을 하시기 바랍니다. 또한 생강을 구하셔서 차로 끓여 드세요. 계속 드시면 좋습니다."

장호는 그렇게 말하고 그녀를 내보냈다. 중년 여인은 연신 감사하다고 말하며 물러났다.

그녀가 나간 후 장호가 입을 열었다.

"저 여인은 필시 최근에 이곳에 흘러들어 온 사람인 듯하니 조사한 이후 조치하도록."

"예."

보조 의원은 즉시 무어라고 서신을 적어서 밖으로 내보냈다.

그렇다.

장호는 치료만 하는 것이 아니었다. 그가 치료한 이들의 질병만이 아니라 그 삶조차도 개선할 수 있도록 도움을 주었다.

그런 그의 행동과 행위는 의선문의 영향력을 더욱 강력하게 만들어 주는 원동력이었다.

*   *   *

진료를 마치고 장호는 임진연과 유병건을 동시에 만나 현황을 논의하고 있었다.

방 내부의 일은 거의 대부분 유병건이 처리하고 임진연은 그런 유병건을 도왔다.

방 외적인 일은 대부분 임진연이 처리하고 그때에는 유병건이 임진연을 도왔다.

완벽한 내외 합일이라고 할 만했다.

게다가 임진연은 모사꾼이며 학사 출신이기 때문에 유병 건보다 대국을 보는 안목이 월등하였다.

그런 임진연이 지금의 회의를 소집한 것이다.

"유민이 꾸준히 들어오고 있다는 말이야?"

"예. 그러한 상황으로 이는 저희에게 몹시 좋은 일입니 다."

임진연이 말을 꺼냈다.

세 사람은 지금 지도를 펼쳐 놓고 바라보고 있었다.

"일전 방주님께서 광서성에서 일으키신 일은 사실 강호에 소문이 좌악 퍼져 모르는 이가 없습니다만… 백성들에게는 그런 일보다 의선행이 더 유명한 상태니까요."

"의선행이라……. 눈 끌기용이었는데 의외로군."

"눈을 끌기 위한 행동이었으니 더 효과적이었죠. 그래서 각지의 유민들이 산서성으로 오고 있는 중이며, 그들은 대 부분 이곳 태원에 안착하려고 기를 쓰고 있는 중입니다. 여 기서 재미있는 소문까지 났더군요."

"그게 무엇이지?"

장호의 질문에 유병건이 포권을 해 보이고서 말하기 시작 했다.

"의선강림, 토지할양, 극락도래. 이런 소문이 돌고 있습니 다."

"그건 저를 뜻하는 겁니까?"

참으로 거창한 소문이 아닌가? 장호는 그렇게 생각하면서 되물었다.

의선강림.

물론 장호를 뜻하는 것이다.

토지할양.

이건 조금 다르다. 장호는 사람들을 부려 황무지를 개간해 그들을 소작농으로 쓰니까.

물론 다른 소작농들에 비하면 두 배 이상 대우가 좋다.

충분히 먹고살 수 있게 해주며, 여유를 갖출 수 있도록 도왔다.

그리고 납입금을 내면 토지를 그대로 팔았다.

즉 소작농에서 지주가 될 수 있게 해준 것이다.

보통 10년 정도 일하면서 납입금을 낸다면 토지의 주인이 될 수 있었다.

큰 땅은 아니지만 스스로의 땅을 갖는다는 것은 농민에게 크나큰 의미가 있는 일이 아닌가?

어쩌면 그 때문에 소문이 그리 난 것일 수도 있다는 생각이 들었다.

극락도래.

대체 극락이 도래했다는 이야기는 왜 도는 것인가? 장호는 이 부분에 대해서는 부풀려졌다는 생각이 들었다.

"조사를 해본 결과 대략 산서성으로 몰려드는 유민의 수가 무려 삼십만 명이 넘습니다."

임진연이 이어서 이야기했다.

"중원에 유민이 그리 많은가?"

"집계로는 중원의 총인구 팔천만 명이라고 하니 그럴 수도 있지요."

"팔천만이라……. 그러면 삼십만은 대략 사 리쯤 되겠군."

"예."

할, 푼, 리.

할은 십분율, 푼은 백분율, 리는 천분율의 단위이다. 즉 리는 천분의 일을 뜻한다. 사 리는 천분의 사를 뜻하니 이는 그리 좋은 일이 아니었다.

제국민 천 명 중 네 명이 유민이라는 말이지 않는가? 게다가 장호가 산서성에서 빈민이나 극빈층을 구제하였으니 그들을 포함하면 적어도 일 푼의 사람이 극서민이었다는 계산이 나온다.

"과거 기록에 의하면 유민의 수가 일 할에 달하면 나라가 망할 징조라고 합니다."

"집을 잃고 떠도는 이들이 일 할이라면 그건 정녕 끔찍하겠군."

"망국의 시작이니까요."

인구의 일 할이 유민이라면 그건 정말 망국의 징조라고 해도 할 말이 없다.

그리고 이들은 모르고 있으나 지금 명제국의 유민 숫자는 무려 전체 인구의 팔 푼에 달하고 있었다.

거의 수백만에 달하는 유민이 중원 전역에 퍼져 있기 때문이다. 그나마 산서성에는 유민이 하나도 없다.

극빈층도 급감하였고 빈민도 적다. 산서성은 북부에 있는 곳이라 날이 추워 그리 좋은 환경이 아님에도 이리 살기 좋아진 것은 의선문 때문이다.

대부분의 사람들은 그 사실을 잘 알고 있었다. 그리고 의선문도 그런 사실을 적극적으로 홍보하고 있었다.

"여하튼 유민이 늘어나는 것은 좋은 일이지. 산서성의 남쪽 경계까지 땅을 사들여서 전부 개간하면 될 테니까. 농업용수는 충분합니까?"

유병관에게 고개를 돌려 질문하는 장호. 그의 말에 유병관이 설명을 시작했다.

"현재 토목 공사 외에 수로 공사도 병행하고 있습니다. 때문에 농업용수 확보에는 차질이 없습니다. 가뭄을 대비하여 보를 다수 설치하고 있고, 큰 물줄기의 강물을 끌어들이거나 인근의 황무지를 사들여 개간하고 있는 중입니다."

"역시 유 총관님입니다. 앞으로도 그렇게 해주세요. 참, 일전의 소작농을 끌어들이는 일은 어떻게 되었습니까?"

"계속 진행 중에 있습니다. 현재 산서성의 소작농 일부가 이탈하여 저희 농지에 와서 소작농이 되었습니다. 그렇지 않아도 그것 때문에 대지주들이 꽤나 불만을 가지기 시작했다는 정보가 있습니다."

"불만을 행동으로 표출하면 바로 처리하도록 하세요. 자기들 능력이 없는 것을 생각하지 않고 이빨을 들이댄다면 그 이빨을 뽑고 목을 잘라 버려야죠."

장호는 잔혹한 말을 서슴없이 내뱉었다.

"예."

"그러면 계획보다 우리가 거느리게 될 인구가 많다는 거군요."

"그렇습니다, 방주님."

"흐음, 그렇다면 계획보다 더 빨리 늘릴 수 있겠군요."

장호는 잠시 생각하다가 말을 이었다.

"무인을 더 확충하세요. 본래 계획인 만 명 그 이상으로."

"존명."

第二章

화산파의 방문

도인이라고 해서 욕망이 없는 것은 아니다.

현실

장호가 광서성을 정리하고 돌아온 지도 벌써 반년. 때는
가을에서 겨울을 지나 봄으로 접어들고 있었다.

　　장호는 꾸준히 내공을 늘리는 한편 마혈신외공을 제외한
다른 무공의 수련도 멈추지 않았다.

　　마혈신외공은 독이 없으면 연공 자체가 불가능하기 때문
에 금전이 많이 들어 수련을 멈춘 상태이다.

　　그러나 지금의 상황에서 장호는 사실상 충분하다 못해 넘
쳐나는 무력을 가졌다.

　　그런 상황에 의선문은 닥치는 대로 병사로 복무하던 이들

과 낭인들을 집어 삼켜 결국 팔천 명의 무인을 모집했다.

거기에 더해 일반 백성을 모집하여 만든 집단이 별도로 존재하는데, 이들까지 포함하면 무려 만사천여 명에 가까운 문도가 의선문에 속해 있다.

이들은 산서성 전역에 흩어져 있으며, 의선문의 사업을 보호하는 역할을 하고 있다.

그렇다.

장호는 진정한 산서성의 군벌 세력이 된 것이다.

그렇게 문도 수가 늘어나자 임진연은 결국 표국을 개설했다.

의방의 수 역시 무려 육십오 개로 늘어났으며, 의원 수만 해도 무려 삼천여 명이나 의선문에 속하게 되었다.

그뿐이 아니다. 의선문에 속한 소작농의 수가 무려 백이십만이나 되었으니 이는 작은 국가라고 해도 될 정도가 되었다.

황제가 이 사실을 알고 있다면 반역으로 몰 정도의 거대한 세력이다.

이런 거대 세력의 출현을 강호의 사람들이 모를 리 없었다.

아니, 사실 황궁에서도 알고 있지만 황궁에는 워낙 의선문의 돈을 받아먹은 인물이 많아서 의선문에 대한 어떤 견제도 없는 상황이었다.

의선문이 단지 힘없는 문파였다면 돈만 빼먹고 계속 협박을 하였을 것이다.

하지만 의선문의 세력이 거대해지자 감히 의선문을 적대하려는 자가 없었다.

게다가 돈도 계속 주지 않는가?

그뿐이 아니다.

과거 장호에게 도움을 받은 흑점주가 암중에 의선문이 성장할 수 있게끔 손을 써두고 있어서 더더욱 황궁에서는 장호를 건드리는 자가 없었다.

장호는 그렇게 암중에 거대한 세력을 만들어내는 데 성공했다.

이후 황밀교의 난에서 지금의 세력은 아주 큰 역할을 하게 되리라.

물론 이것만으로는 부족할 수도 있다.

황밀교의 저력을 알 수가 없으니까.

그러니 더 늘려야 한다. 더 많은 수가 필요하다.

일만이면 충분할 거라고 생각했지만, 유민 수가 그리 많다면 무인 수를 무려 이만여 명까지 늘릴 수도 있을 것이다.

물론 그 이만여 명이라는 건 순수 강호인을 기준으로 하는 것이 아니다. 군역자들, 그리고 일반 백성들을 흡수해서 병사로 만드는 것이다.

무공과 약물로 강화한 병사들로 이루어진 군대를 가진다.

일류 수준으로 적어도 일만, 나머지 일만은 이류 수준으로 맞춘다. 그리고 그들 중 적어도 천여 명 정도가 절정고수가 된다면?

강호 제패도 꿈이 아니다.

물론 장호는 그럴 생각이 조금도 없지만.

여하튼 의선문은 부지런히 세력의 내실을 다지면서도 확장을 같이했다.

그럴 수 있는 이유는 역시 돈이 있어서였다.

의료 사업을 완전히 장악하고서 곡물 사업 쪽에 진출하자 막을 자가 없었다.

거기에 더해서 장작 사업과 각종 사업에 손을 뻗더니 이제는 표국까지 한다.

산서성을 움직이는 큰 줄기에 해당하는 사업이 전부 의선문으로 넘어갔다.

의선문은 산서성의 왕이나 다름없었다.

아니, 왕이었다.

*　　　*　　　*

"끌, 이놈이 문제로군."

흑의를 입은 노인이 긴 수염을 쓰다듬으며 서신을 읽고
있다.

노인의 두 눈은 부리부리하고 몸도 건장하여 병색이라고
는 없어 보이는 강건한 사람이었다.

"마침 잘되었다. 이걸 시험해 보기에 아주 적당해."

노인은 새로운 서신을 꺼내어 무어라 적었다.

─산서성 전염병 출.

서신은 곱게 접혀 어디론가 배달되었다.

*　　　*　　　*

"이건……."

장호는 눈살을 찌푸렸다.

최근 동일한 증세의 질병을 다수 발견한 때문이다.

바로 폐결핵이다.

그것도 조금 비정상적인 결핵이었다. 발병하면 적어도 한
달 안에 심화되는데, 그때가 되면 치료하기가 상당히 곤란

했다.

그런데 오늘 하루 동안 이러한 결핵 환자를 장호는 무려 열 명이 넘게 치료했다.

장호가 하루에 두 시진 정도 진료하는 것을 생각하면 이는 상당히 많은 숫자였다.

'어떻게 된 일이지?'

사실 두 달 전부터 결핵 환자가 슬슬 늘긴 했다.

그러더니 지금은 오는 환자의 절반이 넘는 수가 결핵 환자였다.

"수고하셨습니다, 방주님."

"진 의원이라고 했나?"

"예, 방주님. 하명하실 일이라도 계신지요?"

"오늘 본 방에 온 허로 환자가 몇 명인지 알아보게. 그리고 지난 한 달간의 허로 환자 수도 알아오고."

"예."

장호는 눈살을 찌푸렸다. 뭔가 심상치가 않다는 생각이 든 탓이다.

그렇게 조치를 취하고서 장호는 진료를 끝냈다.

슥, 슥.

옷을 갈아입고 장호는 진기를 운용하여 전신에 둘렀다.

선천의선강기는 병의 기운을 없애는 효과가 있기 때문에

이렇게 해서 스스로의 병기를 제거하는 것이다.

그렇게 하고서 장호는 탈의실을 나왔다.

그런데 오늘은 그런 장호를 기다리고 있는 사람이 있었다.

"문주님, 손님이 왔습니다."

의선문 보의단원 중 하나가 장호를 기다리고 있다가 부복했다.

이로 미루어 손님이라는 사람은 강호 문파의 사람일 것이다.

"어디서 온 손님인가?"

"화산파의 도사입니다."

"화산파?"

화산파.

거기에는 장호의 큰형인 장일이 가 있는 곳이다.

장일, 장삼. 이 두 사람이야말로 장호의 유일한 피붙이가 아닌가?

그런 화산파와는 장호도 잘 지내고 있었다.

화산파의 비호를 받을 필요가 없음에도 장호는 매년 제법 많은 금액을 화산파에 기부하고 있었다.

이건 모두 그의 큰형인 장일을 위해서였다.

그리고 그에 부흥하듯 장일은 속가제자가 받을 수 있는

최상의 대우를 받고 있었다.

스승도 무려 장로 중 한 명으로 선정되었고, 속가제자가 익힐 수 있는 최고의 무공을 전수받은 것이다.

자하신공에서 파생되어 나온 자하진기를 전수받았고, 매화삼십육검을 기반으로 한 여러 무공을 배울 수 있었다.

장호는 늘 큰형인 장일에 대한 이야기를 전해 듣고 있는 중이라 화산파에서 손님이 왔다는 말에 의아함을 감출 수 없었다.

"임 총관을 불러오게."

"존명."

장호는 우선 임진연을 만나러 갔다. 손님은 그 이후에 만나도 되기 때문이다.

*   *   *

"화산파에서는 무림맹에서 자신들을 지지할 문파를 원한다 이 말이로군."

"그렇습니다. 아마도 그런 이유로 특사가 파견되었을 겁니다."

임진연과 장호는 서로 이야기를 나누었다. 그리고 화산파에서 손님이 온 이유에 대해서 쉽게 추론할 수 있었다.

당금 강호는 파란이 이는 중이다. 그리고 그 파란을 일으킨 곳은 바로 의선문으로 세력 확장 속도가 비정상적이기 때문이다.

금력을 먼저 갖추더니 그다음에는 무력을 갖추었다. 비록 절대고수의 수는 거의 없다시피 하지만 머릿수가 이 정도까지 불어나면 무시하고 싶어도 무시할 수가 없게 된다.

게다가 장호는 시령각을 완전히 박살 내어 전멸시킨 전적이 있지 않은가? 그런 전투 수행 능력은 고평가 받는다. 위협적인 세력으로서.

그리고 현재 무림맹에서는 새로운 무림맹주를 뽑기 위한 회의가 벌어지고 있다고 한다.

이유는 별게 아니다.

전임 무림맹주의 임기가 끝났기 때문이다.

무림맹주는 보통 십 년을 주기로 뽑게 되어 있는데, 이번에는 누가 무림맹주가 될 것인가?

장호가 전생을 하기 전 무림맹주는 화산파 출신이 아니었다.

무당파!

강호에서 가장 강한 검파로 알려진 무당파에서 무림맹주가 나왔고, 장호는 무림맹주의 명을 받아 황밀교의 본단을 조사하지 않았는가?

그러고 보니 전생 전에도 화산파가 무림맹주가 되려고 했던가?

장호는 기억을 더듬어보았다.

무당파가 이끄는 무림맹.

과연 쓸 만했던가?

장호는 그리 생각하다가 한 사람을 떠올렸다.

제갈화린.

그녀는 어찌 생각할까?

우선은 화산파의 손님을 맞이해야 했다. 그리고 미래가 어찌 되든 장호는 현재 화산파와 친하게 지내서 나쁠 게 없었다.

아니, 아니지.

도리어 화산파와 연대를 강화한다면 어떻게 되지?

장호는 생각을 정리하였다.

"화산파는 문주님의 큰형님께서 가 계신 곳이지요. 그러니 동맹 상대로는 나쁘지 않습니다."

"그 말은 좋지도 않다는 건가?"

"그렇습니다. 그들이 저희에게 해줄 수 있는 게 거의 없으니까요. 다만 세력의 연맹으로서는 훌륭합니다만 어차피 동맹 상대는 많지 않습니까?"

"구파일방, 그리고 팔대세가."

"그렇습니다. 그들 모두가 저희와 동맹을 맺기를 원합니다. 현재 제갈세가와는 동맹 상태라고 할 수 있으니 제갈세가는 한 발 더 나아갔다고 보아야겠죠."

"제갈세가는 확실히 머리가 좋지. 그래서 나도 그들과 손을 잡은 거니까. 그렇다면 이번 무림맹주로 우리는 화산파를 밀어야겠군."

"일단 의견을 들어보지요. 다른 이유로 방문했을 수도 있지 않을까요?"

"그렇군."

장호는 임진연의 말에 고개를 끄덕였다.

그의 말대로다. 화산파에서는 다른 이유로 온 것일 수도 있었다.

"일단은 만나 봐야겠지. 만나서 무슨 이야기를 하는지 들어보자고."

화산파.

오악검문이라고도 부르고 천하칠대검파 중 하나로 알려진 명문대파.

그들의 세력은 확실히 강호에서도 수위를 다툰다. 적어도 한 손가락 안에 들어갈 정도의 세력을 가졌다고 할 수 있었다.

소림, 무당, 화산.

구파일방 중 가장 세력이 강성한 삼대문파이다.

제갈세가, 남궁세가.

팔대세가 중 가장 세력이 강성한 이대세가다.

현재 의선문은 이들 중 제갈세가, 화산파와 친했다.

*　　　*　　　*

"처음 뵙겠습니다. 화산파의 삼대제자인 매전이라고 합니다."

청수한 인상의 삼십 대 초반의 사내가 깨끗한 화산파의 도복을 입고서 장호에게 포권을 해 보인다.

고개를 깊숙이 숙이지 않았으나 절도 있는 행동에서 명문 정파의 기품이 느껴졌다.

매전이라는 자는 장호가 들어본 적은 없으나 척 봐도 그 기세가 예사롭지 않은 것이 상당히 뛰어난 무인임에는 의심의 여지가 없어 보였다.

장호는 그의 왼손에 굳은살이 많은 것을 보고는 특이하다고 생각했다.

좌수검(左手劍)이라……

대부분의 사람은 오른손잡이이다. 따라서 검법도 오른손을 기준으로 정립되어 있다. 때문에 좌수검은 강호에 드물

수밖에 없었다.

애초에 왼손잡이조차 오른손을 단련해서 우수검을 익히는 마당이다.

그런데 매전이라는 도사는 좌수검을 제대로 익힌 듯했다.

검수 특유의 굳은살이 왼손에 박여 있기 때문이다.

물론 화산처럼 역사가 오래된 문파는 똑같은 검법이라고 해도 좌수검과 우수검이 따로 정리되어 있다.

다만 좌수검을 쓰는 화산파의 검수가 그리 많지 않은 것은 사실이다.

"만나서 반갑습니다. 의선문의 문주인 장호입니다."

"장 문주님의 명성은 익히 들었습니다. 만나 뵙게 되어 영광입니다."

"제 얼굴에 금칠을 해주시는군요. 자, 앉으시죠."

장호가 자연스레 매전에게 앉으라고 권하였고, 그렇게 둘은 접객실에서 마주했다.

하인이 다과를 가져오자 장호는 찻잔을 들어 한 모금 마셨다.

그것은 매전도 마찬가지였는데, 매전은 한 모금 마신 후 조금 놀란 표정을 지어 보였다.

"향이 독특하군요. 머리가 맑아지는 듯합니다."

"약차니까요. 그래도 의방인데 평범한 차를 내어서야 체면이 서지 않지요."

"제가 오늘 귀한 것을 대접받나 봅니다. 장 문주님께 다시 한 번 감사드립니다."

"별일 아니니 개의치 마시기 바랍니다. 한데 저의 형님은 잘 계십니까?"

장호는 장일에 대한 이야기를 꺼내었다.

형의 정보를 매일 받고 있지만 묻지 않을 수도 없는 일이다.

"장 사손은 아주 잘해내고 있습니다. 늦게 무공을 배웠다고 믿을 수 없는 속도이지요. 듣기로 벌써 내공이 반 갑자에 달한다고 하니 어마어마한 속도입니다."

장일이 무공을 배운 지는 이제 겨우 사 년 정도 되었을 뿐이니 그사이에 반 갑자의 내공을 쌓았다면 확실히 대단한 속도였다.

반 갑자면 삼십 년의 내공이다. 그걸 사 년 만에? 일 년에 거의 칠 년에서 팔 년 치의 내공을 쌓은 셈이 아닌가?

정말 죽을 만큼 노력했다는 증거이리라. 물론 자하진기가 상승 절학에 속하기에 가능한 일이긴 했으나 엄청난 노력이 없었다면 불가능한 일이다.

그 사실은 장호도 잘 알고 있었다.

"저희 형님께서 잘하고 계시다니 안심이 됩니다. 그러고 보니……."

"명 사제와도 잘 지내고 있으니 걱정 안 하셔도 됩니다."

화산파는 결혼을 허가하는 문파이다.

때문에 명영 도사, 즉 손 장자의 손녀인 손여호와 장일은 잘 사귀고 있었다.

아예 공개 연애를 하고 있다고 보아도 좋을 정도였다.

그리고 장호도 그 사실 또한 잘 알고 있었다.

"그렇군요. 화산파의 배려에 감사드립니다."

"장 문주님의 호의에 저희가 보답할 수 있게 되어서 다행이지요. 무량수불."

"그런데 오늘은 어떤 일로 방문하셨는지 알 수 있겠습니까?"

장호가 드디어 본론을 꺼냈다.

매전은 삼대제자로, 그가 화산파와의 동맹을 이야기하기에는 무게감이 떨어진다.

장호의 현재 위상을 보았을 때 그것은 적절하지 못했다.

화산파와의 확실한 동맹을 원한다면 장일의 스승인 장로와 장일이 직접 오는 것이 더 효과적일 것이다.

그렇다면 오늘은 아무래도 간을 보러 온 것이 아닐까?

임진연은 그리 추측했다.

장호도 그렇게 생각했다.

"저희 장문인께서 장 문주께 친서를 보내셨습니다. 본도가 비록 본 파에서 삼대제자의 신분이나 은밀성을 기하기 위해 이렇게 홀로 찾아뵈었지요."

친서? 이건 또 예상하지 못한 한 수로군.

부스럭.

매전 도사가 품에서 잘 봉인된 두루마리를 하나 꺼내었다.

고풍스러운 그 모습에 장호는 조심히 서신을 받아 들고 주욱 펼쳤다.

"흐음……."

장호는 두루마리 안의 내용을 보고서 낮게 신음을 흘렸다.

"이 안의 내용을 아십니까?"

"모릅니다. 그것은 본도에게 허락된 일이 아니니까요."

"그렇군요."

장호는 고개를 끄덕이고는 두루마리를 다시 말아 그대로 손에 진기를 일으켰다.

화악!

삼매진화.

내기를 모아 불을 만들어내는 것이다.

열양기공을 본격적으로 익힌 자가 아니라면 적어도 초절

정의 경지에 이르러야 이 삼매진화를 일으킬 수 있다.

"장 문주님의 무위가 소문보다도 더 대단하신 것 같습니다."

"별거 아닌 잔재주입니다. 그나저나 화산파의 장문인께서는 귀한 제의를 해주신 듯합니다."

화산파의 제의.

그것은 제법 파격적이었다.

속가제자에도 등급이 있고, 정말로 믿을 수 있는 이가 아니면 전수하지 않는 무공도 있다.

예를 들자면 자하진기이다.

이것의 경우에도 속가제자 중에서 고르고 골라 전수하는 내공심법이지 않는가?

그런데 화산파에서는 중요도가 떨어지는 속가제자에게 전수하는 무공을 의선문에 줄 용의가 있다고 타진해 왔다.

비록 중요도가 떨어지는 무공이라고는 해도 그것은 최소 절정 무학이 보통이다.

그런 것을 준다?

이는 단지 무공비급만 준다는 게 아니다.

사실 절정 무학 정도면 강호에서는 돈만 있으면 구할 수 있는 것이 현실이다.

그런데 화산파에서는 그들의 수련 방법까지 전수해 준다

고 한다.

사실 이쪽이 더 알짜배기다.

명문대파의 비전 수련법!

그게 진짜배기임을 왜 모르겠는가?

하지만 이게 그다지 큰 득이 되는 것이 아니라는 게 문제라면 문제였다.

의술이 높고 여러 가지 지식을 쌓은 장호는 실제로 명문대파 못지않은 수련법을 만들어냈기 때문이다.

그런 장호에게 화산파의 수련법은 그렇게까지 매력적이지 않았다.

하지만 화산파에서는 제법 큰 것을 제시한 것이라고 할 수 있었다.

무공과 그 수련법을 모두 전수하다니.

이는 보통 일이 아니다.

그만큼 화산파는 이번에 무림맹주가 되고 싶다는 반증이리라.

"본도는 그에 대해서 잘 모릅니다만… 답변을 주실 수 있으십니까?"

"본 문은 화산파를 지원하겠다고 장문인께 전해주시면 됩니다."

장호의 말에 매전은 공손히 읍을 해 보였다.

"장 문주님의 말씀, 그대로 전하겠습니다."

그것은 가볍다면 가볍지만 강호의 판도를 바꿀 수도 있는 대화였다.

第三章

전염병

죽은 사람과 같은 병을 가진 자는 살아남기 힘들고

[與死人同病者 不可生也]

망한 국가와 같은 형국의 나라는 존재할 수 없다.

[與亡國同事者 不可存也]

한비자(韓非子) 고분(孤憤) 편

완연한 봄이 왔다.

아니, 이제 봄이 아니라 슬슬 여름에 접어들었다고 해도 과언이 아닌 날씨다.

산서성은 애초에 추운 지방이지만 그래도 여름이 되면 나름 덥다고 할 만한 기온이 된다.

슬슬 날이 풀려 더워지는 이때,

장호는 한 가지 보고서를 받아보고 있었다.

"이건……."

일전 화산파의 매전 도사가 다녀가던 날에 조사를 시킨

것이다.

그 내용에 장호의 안색이 딱딱하게 굳었다.

벌떡.

장호는 우선 자리에서 일어섰다.

"외유를 하겠다. 나 홀로 성내를 좀 돌아다니다가 삼 일 후 올 것이니 급하면 신호탄을 쏘라 이르라."

장호는 수하에게 말하고는 즉시 밖으로 움직였다.

보고서의 내용은 장호가 직접 움직이게 만들 만한 것이었다.

펄럭.

장호는 장포를 휘날리며 의방을 나섰다. 그리고 그는 급히 태원의 시내에서 빈민촌으로 향하였다.

빈민촌이 예전과는 사뭇 달랐다.

여기저기 부서지고 지저분하던 집들이 예전에 비해 확연히 눈에 띌 정도로 좋아져 있다.

그러나 그런 환경임에도 들어서자마자 장호는 보고서의 내용이 사실임을 알 수 있었다.

병자다.

결핵을 앓고 있는 환자의 수가 엄청났다.

한 집 걸러 한 집은 결핵 환자가 있었다.

어떤 환자는 이미 생명이 위독했고, 치료 시기를 놓친 환자도 있었다.

빈민가가 이렇다면 다른 이들은 어떤가?

장호는 급히 발걸음을 돌렸다. 그리고 그럭저럭 가난하지 않게 사는 사람들이 사는 지역으로 갔다.

거기서도 장호는 병자들을 볼 수 있었다.

전부 결핵 환자, 즉 허로를 앓고 있었다.

"기괴해."

장호는 깨달았다. 이건 평범한 일이 아니었다.

결핵이 비록 전염병이라지만 이렇게 광범위하게 번지는 병은 아니었다.

그런데 이 병이 이리 번지다니?

물론 제대로 관리하지 않으면 목숨을 잃을 수도 있는 병이지만 그것은 말 그대로 관리하지 않았을 때의 일이다.

중한 상태에 들어섰다 해도 치료를 제대로 하면 살 수 있는 병이다.

그런데 이렇게 광범위하게 번지다니…….

"대책을 마련해야겠어."

장호는 마을 곳곳을 돌아다녔다. 그리고 한 가지 기괴한 현상을 보았다. 부호들 중에도 결핵에 걸린 이가 있었다.

부호들은 비싼 약재를 수시로 쓰고 청결한 환경에서 산다. 그런데 저들 중에서도 결핵 환자가 나오다니.

물론 대부분이 초기 증상이었지만 이건 확실히 이상했다.

장호는 재빠르게 문파로 되돌아갔다.

"스승님."

"무슨 일이냐?"

문파에 돌아온 장호를 맞이한 것은 이제 완전히 개화한 꽃과 같은 아름다움을 뽐내는 이연이었다.

어릴 적 장호의 제자가 되었고, 지금에 이르러서는 선천 의선강기를 훌륭히 익혀내었다.

절정의 무위를 지녔으며 강호 어디에 내놓아도 빠지지 않을 그런 여인이 된 것이다.

그러나 그런 그녀는 어째서인지 문파를 거의 떠나지 않았다.

도리어 그녀의 동생은 산서성 여기저기를 다니는 중이다. 선문의방의 분점들을 순시하기 위해서이다.

"손님이 한 분 오셔서 스승님을 찾으셔서……."

"손님? 누군데 네가 와서 말해주는 거지?"

"웬 여인이십니다."

"여인?"

여인이라고?

"어느 문파인데?"

"문파는 없으시다고 합니다. 성함이 여이빙이라는 것 외에는 말한 것이 없습니다."

"이빙? 그녀가 왔어?"

요녀 여이빙!

물론 세간에서는 그녀를 요녀라고 부르지만, 장호와 그녀는 몹시 친한 사이였다.

그러고 보면 여이빙에 대해서는 조금도 신경을 쓰지 못하고 있었다.

그녀가 현재 강호에서 얼마나 유명하더라?

"아는 분이신가요?"

"친구야. 어서 가봐야겠구나."

장호는 이연의 머리를 툭툭 쳐준 다음 여이빙이 기다린다는 객청으로 바삐 걸음을 움직였다.

그런 장호의 모습을 이연은 물끄러미 쳐다보고 있었다.

*　　　*　　　*

"이야, 오랜만이야!"

"어, 오랜만이다. 그런데 너… 벽을 넘었구나?"

활기차게 인사를 해오는 여이빙. 그녀는 과거의 풋풋하던 모습은 완전히 사라지고 남성을 유혹해 잡아먹는 암표범 같은 요염한 모습이 되어 있었다.

그런 여이빙을 보며 장호는 '허허, 세월이 벌써 이리 흘렀나?' 하는 표정이 될 수밖에 없었다.

게다가 장호는 그녀에게서 기세를 느끼기가 어려웠는데, 이는 그녀가 화경의 절대고수가 되었음을 의미하는 것이다.

그런 그녀는 여전히 눈꼬리가 조금 올라가 있고, 입술은 화장을 하지 않았음에도 진한 붉은빛을 띠고 있었다.

피부는 촉촉해서 만지면 분이 묻어나올 것 같았으며, 긴 속눈썹은 어쩐지 남자를 유혹하는 느낌이 들었다.

여의음양경이 경지에 이르렀음이 확실했다.

장호는 과거 여이빙에게 여의음양경의 비밀을 들은 바가 있다.

내공이 오 갑자에 이르면 저절로 화경에 오르고, 이때를 기준으로 하여 더 이상은 방중술을 펼치지 않아도 저절로 내공이 모인다는 것.

물론 방중술을 사용해 내공을 모으면 더 빠르게 모을 수 있었다.

여의음양경을 통해서 얻을 수 있는 진기를 여의조화진기라고 하는데, 음과 양의 이기가 합일된 아주 정순하고 강력한 기운이다.

다만 문제도 있었는데 오 갑자에 이르는 그 순간이 바로 생사의 고비였다. 그때를 넘기지 못하면 즉사하고, 넘을 수 있다면 절대고수가 되는 것이다.

그리고 여이빙은 지금 장호의 앞에 절대고수가 되어 앉아 있었다.

이는 그녀가 생사의 고비를 넘었으며, 오 갑자에 달하는 내공을 모았다는 것을 의미한다.

지금 강호에서는 그녀를 이길 수 있는 자가 열을 넘지 않으리라.

"어쭈? 바로 알아보네?"

"이래 봬도 의원이니까 그 정도는 단번에 알 수 있지. 환골탈태한 것도 못 알아볼까 봐."

"응? 그런 것도 알아봐?"

"그럼. 너 혹시 사람의 몸이 좌우 균형이 안 맞는 건 알아?"

"에? 그래?"

"사람들 보면 눈이 다들 짝짝이잖아. 안 그래? 그것도 불균형한 거지. 그게 환골탈태를 하면 다 사라지거든."

장호와 여이빙.

두 사람은 몇 년 만에 만난 사이이고 사실 교분이 길지도 않았다. 그럼에도 말이 자연스레 나왔고, 어제 헤어진 지기처럼 스스럼없이 대화하고 있다.

그것은 장호에게는 당연한 일이었지만, 여이빙에게는 몹

시도 신기한 일이었다.

내가 이렇게 대화를 쉽게 하는 사람이 있었나?

"흐응, 너 대단하긴 한가 보네."

"그럼. 이래 봬도 생사판이라고 불리시는 몸이라고. 그나저나 너는 잘 지냈어? 어디 아파 보이지는 않다만, 딱히 이야기 들은 게 없어서."

"그럴 거야. 기루에 처박혀 있었거든."

"기루?"

웬 기루?

"내 무공, 이야기 안 했나?"

"안 했지."

"아아, 이거 참. 이제 와서 하는 말이지만, 나 색공 익혔어."

혀를 베어 물며 귀엽게 말하는 그녀의 모습에 장호는 피식 웃었다.

이미 알고 있는 사실이지만 모른 척해주는 것이다.

"그래서 기루에 있었군. 무공 수련 하느라고?"

그런 장호의 태도에 여이빙이 두 눈을 토끼처럼 동그랗게 떴다. 그 모습이 무척 귀엽고 어찌 보면 청순하기 짝이 없어 보였다.

"안 놀라?"

"놀랍긴 하지만 대수로운 건 아니니까."

"하아아아, 넌 정말 대단하네."

"뭐가?"

"아냐, 아무것도."

그녀는 그리 말하고는 뭔가 아련한 눈동자로 장호를 보았다.

"네 말대로 무공 수련 하느라 기루에 있었어. 덕분에 이렇게 강해졌지."

"얼마나 강해진 건데?"

"적어도 십대고수 정도는 될걸."

"이야, 엄청난데?"

"나야 워낙 대단한 색공을 익혔으니까. 그런데 너는 뭔데?"

그녀가 샐쭉한 표정을 지어 보인다.

"나? 왜?"

그런 그녀의 표정에 장호는 왜 저러나 하는 표정으로 되물었다.

내가 왜? 어디가 어때서?

"너도 괴물같이 강해졌잖아. 그 몸은 대체 뭐야?"

"응? 내 몸이 뭐가?"

"그거 금강불괴지?"

그건 또 어떻게 알았대?

장호는 속으로 그리 생각하며 고개를 끄덕였다.

"맞아, 금강불괴야."

금강불괴.

적어도 강기를 견디어내는 육신을 지녀야 금강불괴라고 칭한다.

그러나 당금 강호에서 강기를 견디는 육신을 지닌 이는 장호를 제외하면 아예 없다고 보아도 무방했다.

실제로 장호의 육체는 초월적이다.

단련의 영역을 뛰어넘었기 때문에 보통의 무인들은 결코 상대할 수 없었다.

"그런데 어떻게 알았어?"

"소문도 듣고 방금 좀 실험해 봤거든."

"에? 실험?"

어떻게?

"은밀한 수법이지. 여의조화진기만 가능한 거야."

"진짜? 신기하네."

인간을 초월한 감각을 가진 장호도 느끼지 못하는 은밀함이라니?

그게 사실이라면 정녕 두려운 일이 아닐 수 없었다.

물론 장호에게는 큰 위협이 안 된다. 은밀한 공격은 위력이 약하기 때문에 장호 같은 금강불괴에게는 별 소용 없으니까.

"그런데 소문은 뭔데?"

"너, 검치를 죽였다며?"

"엥? 그게 소문났어?"

시령각주를 죽인 일 때문에 그런 줄 알았는데 검치를 죽인 이야기를 알고 있을 줄이야.

"오독문에서 나온 이야기라던데?"

"그래? 흐음."

오독문이라…….

지금은 봉문 상태이고 나중에는 장호와 연계하기로 했다. 그쪽은 동맹이라기보다는 복속에 가깝다.

오독문은 패하였고, 장호의 휘하로 들어오기로 했으니까.

"그나저나 정말 오랜만이야. 잠깐 얼굴 보러 온 거야?"

"그건 아니고, 도와줬으면 하는 일이 있어서."

"응? 뭘?"

"사실 기루에 있으면서 신세를 진 언니가 있거든. 그래서 그 언니 빚을 갚아주고 기적에서 빼내줬어."

"좋은 일 했네. 그런데?"

"그런데 그 언니가 결국 할 수 있는 일은 기녀 일밖에 없어서… 그래서 이쪽 태원으로 이사 왔거든. 여기가 살기 좋다고 소문나서 말이야."

그런 일이 있었나?

"그런데?"

"이쪽에 조그마한 기루를 하나 차렸어. 나는 이제 더 이상 기녀 노릇 할 필요 없어서 가게 주인을 하기로 하고, 그 언니랑 다른 기녀 세 명 포함해서 네 명이서 운영하는 기루거든."

"그게 장사가 되나?"

"음, 조금 독특하게 운영해. 언니들하고 같이 손님 술이나 음식을 대접하고 말상대를 해주다가 경매를 하거든."

"경매?"

그건 또 뭐래?

"나야 이제 몸은 안 팔지만 언니들은 여전히 기녀니까. 경매해서 젤 비싸게 부른 사람이 그날 밤 동침하는 방식."

"뭔가 재미있어 보이긴 하네."

"그런데 언니 네 명 전부 허로에 걸렸어."

장호는 그 순간 심각한 표정이 되었다.

"허로에 걸렸단 말이지?"

"응, 이미 너희 의방에서 진료도 받았는걸. 그런데 잘 안 낫더라고. 아니, 나았다가 다시 재발했다고 해야 할까?"

재발?

장호는 그 말에 더더욱 딱딱한 표정이 되었다.

"어? 뭐야? 안 좋은 거야?"

"안 좋은 거지."

장호의 표정이 어두워졌다.

"가보자. 진료를 해봐야겠어."

장호는 여이빙에게 말하며 서둘러 걸음을 옮겼다.

*   *   *

"역시……."

장호는 재발했다는 기녀 은설란을 진찰하면서 자신의 생각이 맞았음을 알았다.

이 전염병은 보통의 병이 아니었다.

누군가 의도한 것이었다.

비록 치사율이 높지는 않지만 아주 쉽고 빠르게 전파되었다.

게다가 본래 병이라는 것은 한번 앓고 나면 저항력이 생기는 것이 상식이다.

그러나 이 병은 낫는다 할지라도 얼마 안 가서 재발했다. 이는 저항력이 의미가 없다는 것을 뜻했다.

그리고 그건 전쟁이나 다름없는 일이었다.

계속해서 전염병을 앓는 이가 증가한다면 결과적으로 치료하는 이의 숫자가 부족해진다.

　치료하는 이, 병에 걸리는 이.

　그 균형이 깨어지는 순간,

　지옥문이 열리고 수많은 이들이 목숨을 잃게 되리라.

　그리고 아비규환의 참상 속에서 장호는 수많은 이의 절규를 듣게 될 것이다.

　"왜? 무슨 일이야?"

　"이건 전염병이야."

　"그건 나도 알아. 허로가 원래 그런 병이라며?"

　"그리고 누군가 인위적으로 만든 질병이지."

　"인위적으로 만들었다고?"

　"그래. 보통 병은 한번 나으면 다시 걸리기가 쉽지 않아. 저항력이 생기니까. 독공을 익히는 것도 그렇잖아? 처음에는 적은 독을 먹다가 익숙해지면……."

　"더 많은 독을 먹지. 그래, 이해했어. 그래서?"

　"이 병은 그런 저항력이 소용없어. 그리고 아주 빠르게 번져 나가. 이대로라면 이 태원 시내 모든 이가 이 병에 걸릴 테고, 문제가 생길 거야."

　"네가 치료하면 안 돼?"

　"아니, 치료하는 사람보다 질병에 걸리는 사람이 더 많게 될 거야. 상대는 그걸 노리고 있어."

"상대? 누구?"

그녀의 두 눈이 가늘어졌다. 살기마저 흐른다.

그녀와 친한 사람들이 다쳤기 때문이리라.

"황밀교."

장호는 단호하게 대답했다.

이 모든 소행의 뒤에는 황밀교가 있으리라.

＊　　　＊　　　＊

"태원에 왔으면 이야기를 하지 그랬냐."

호롱불이 켜진 그윽한 방. 이곳은 여이빙이 운영하는 기루의 방 중 하나이다.

손님은 하나도 없었다.

장호와 여이빙은 작은 술상을 사이에 두고 마주 보고 앉아 서로 술잔을 기울이고 있었다.

안주는 장호가 직접 만든 돼지고기볶음 하나뿐.

둘은 별다른 말 없이 술을 기울이다가 결국 장호가 먼저 말문을 열었다.

"온 지 얼마 안 됐어. 두 달 정도?"

"그래? 기루에 있느라 그간 소식이 없었나?"

"그런 셈이야. 그동안 별다른 사고는 안 쳤거든. 나 삼 년 간 사람을 한 명도 죽인 적이 없어. 대단하지?"

장호는 그녀의 말에 고개를 끄덕여 주었다. 강호인이 삼 년간 사람을 단 한 명도 죽이지 않았다는 것은 대단한 일이 다.

"적성에 맞았나 봐?"

"맞기는 개뿔. 진상 새끼들이 얼마나 많은데. 내가 역용을 하고 적당한 미색으로 꾸며서 그렇지, 지금 내 본래 얼굴로 장사했으면 개판 났을 거야."

"하긴 돈을 주고 여인을 사는 곳이니 더러운 인간 군상이 한가득했겠지."

"네가 못 봐서 그래. 진짜 찐따에다가 비루먹은 개새끼 같은 놈들 천지라니까."

안주를 하나 입으로 가져가며 여이빙은 자신의 손님이었던 이들에 대해 욕설을 늘어놓았다.

토끼를 만났다느니 발을 할짝거리는 변태를 만났다드니 하는 음담패설이 주르르 흘러나왔다.

그런 그녀의 모습에 장호는 쓰게 웃었다.

전생을 하기 전에도 그랬다.

여이빙은 남자를 모르는 여자가 아니었고, 실제로 남자보다도 더 색을 밝히는 여인이었다.

정숙함과는 거리가 멀었지만 그렇다고 해서 지조가 없는 여인도 아니었다.

그녀는 자유롭게 살았고, 정인도 두는 않았다.

때문에 그녀의 입담은 남자들보다도 더 농밀하고 이렇듯 자극적이었다.

이런 대화도 진짜 오랜만이로군.

"그래서 말이야……. 너 내 말 듣고 있니?"

"듣고 있다."

"쳇, 너는 진짜 희한하단 말이야."

"내가?"

"그래. 보통 이런 이야기를 하면 남자들은 질색하거나 변태처럼 굴거나 하던데."

"그럴 수도. 나야 보통의 가치관을 가진 건 아니잖아?"

장호의 반문에 그녀는 '흐응' 하고 묘한 콧소리를 냈다.

"그래서 너는 그런 건 관심 없는 거야?"

툭하고 던지듯이 말하지만, 야시시한 의미가 내포되어 있는 여이빙의 말에 장호는 다시금 피식 웃는다.

"글쎄다. 관심이 아예 없다고는 못 하겠다만 딱히 해본 적이 없어."

그러고 보니 전생 이후 장호는 여성을 안아본 적이 한 번도 없다.

장호는 딱히 고자도 성인군자도 아니지만 성욕에는 제법 담백해져 버린 것도 사실이다.

　이는 선천의선강기의 수련이 깊어지면서 생긴 부작용이라고 봐도 옳았다.

　물론 엄청 바쁘게 보낸 것도 있다. 장호는 전생 이후로 편히 쉰다는 선택지를 고른 적이 없으니까.

　"그래? 왜 그랬대?"

　"뭐야? 지금 나 유혹하는 거야?"

　"응? 딱히 그런 건 아닌데?"

　여이빙이 한 발짝 물러섰다.

　어쩐지 그 모습이 귀여워서 장호는 그녀에게 손을 뻗어 콧잔등을 팅 하고 튕겨주었다.

　"장난치기는……."

　"야, 너……."

　여이빙은 그런 장호의 태도에 도리어 놀라서는 버벅거렸다.

　몇 번밖에 만나지 않았다.

　그런데 왜 이러지?

　너무나 편해.

　여이빙은 그렇게 생각하며 장호를 보았다.

　"둘이 술 마시자고 한 건 다른 이유가 있어서야."

"뭔데?"

"황밀교에 대한 이야기."

장호는 잠시 숨을 골랐다.

황밀교.

그것은 이 강호에서 아는 이가 거의 없다.

"황밀교가 뭔데?"

"암중에 강호를 장악하려는 조직. 그 실체는 제대로 아는 이가 없지만 나는 그들과 몇 번 충돌한 적이 있거든."

예쁜 눈동자가 동그래진다.

"진짜?"

"그래, 진실이다. 그래서 알아. 놈들에 대해서 제법 알게 된 것도 그런 이유지."

전생을 하기 전 엄청난 고생을 했다. 그런데 그걸 모르랴.

전부를 아는 것은 아닐지라도 제법 많은 사실을 알고 있다.

"너에게 부탁할 일이 있기에 독대하자고 한 거야. 기루의 주인과 독대하는 게 이상한 일은 아니잖아?"

"황밀교가 너의 행동을 감시하고 있을까 봐?"

"응."

"그래서 부탁이 뭐야? 언니들을 치료해 줬으니 나도 어지간한 건 들어줄게."

"내가 정보를 줄 테니 암중에서 황밀교를 공격해 줘."

"에?"

"그리고 일망타진한다."

"아하, 내가 강하니까 도와달라는 거구나?"

"맞아."

짝!

그녀는 박수를 쳤다.

"좋아, 할게."

그렇게 둘은 밀약을 맺었다.

第四章

끓어오르다

냄비에 물을 담고 장작으로 가열하면 어떻게 될까?

물이 끓는다.

역사와 물리학

장호는 발 빠르게 움직여 허로 치료에 도움이 되는 약재를 끌어모았다.

산서성 내에서 끌어모은 것이 아니었다.

주변의 다른 지역에서 허로 치료에 도움이 되는 약재를 끌어모은 것이다.

그리고 외부로 판매하던 곡물의 판매량을 줄이고, 그 남는 분량을 내부로 축적하여 모으기 시작했다.

장호의 지시에 임진연과 유병건은 바쁘게 움직였다.

그들은 장호가 왜 그런 지시를 내렸는지 이미 장호에게

이야기를 들었다.

전염병의 창궐.

그것도 심각한 전염병이 아닌 허로가 광범위하게 퍼지기 시작한다는 이야기였다.

허로가 비록 치료가 가능하다지만, 절대다수가 병에 걸리면 사망자가 속출할 수밖에 없다.

그러한 상황을 유능한 유병건과 임진연이 모를 리가 있겠는가?

그래서 미리 약재를 다른 지역에서 사 모은 것이다.

여기에서 중요한 점은 약재만이 아닌 식량도 모으고 있다는 점이다.

산서성은 현재 상당히 많은 농지를 개간했기 때문에 농작물 생산량이 상당히 많은 상태이다.

때문에 도리어 다른 지역으로 수출하고 있었는데, 그것을 대부분 모으고 있는 중이다.

이유가 무엇일까?

그것은 바로 이 허로라고 하는 이름의 결핵을 완전히 치료하기 위해서는 잘 먹어야 하기 때문이었다.

그것도 균형 잡힌 식사를 통해서 기운을 제대로 보충하여야만 했다.

약재로 치료해 봤자 재발하면 의미가 없었다.

그렇기에 준비를 한 것이다.

그렇게 약재와 식량을 준비하는 동안 결국 허로는 아주 엄청난 기세로 산서성 전역을 휩쓸기 시작했다.

*　　　*　　　*

"콜록콜록!"

선문의방에서 일한 지 이제 삼 년째인 의원 허일은 잔기침을 했다.

갑자기 나온 기침에 손으로 입을 막고 기침을 했는데 침이 튀어 손바닥이 흥건하다.

그는 눈살을 찌푸리면서 손바닥을 보다가 옆을 보았다. 옆에는 의원을 도와주는 의동이 있었는데 의동의 표정이 심각하게 변해 있다.

"허, 허 의원님, 그건……."

"호들갑 떨지 마라."

허일은 방금 기침과 동시에 온몸을 짜르르 흐르는 고통을 느꼈다. 그리고 이게 무엇인지 그는 아주 잘 알고 있었다.

그는 선문의방에 오기 전에는 종선의방이라는 곳에서 일했다. 그곳에서 의동으로 십 년을 일했고, 그다음에야 겨우 의원이 되었다.

의원이 되고도 한참이나 부림을 당하고서야 의서를 조금씩 익히게 되었는데, 그 당시 의방의 주인이던 종선방이라는 의원의 아내 때문에 사달이 나 결국 쫓겨나고 말았다.

그래도 의술 수준은 제법인지라 강호낭중 생활을 하면서도 굶어 죽거나 하지는 않았는데, 정착을 하려고만 하면 꼭 사건이 하나씩 터지는 바람에 결국 자리를 잡지 못했다.

그러나 그런 그가 선문의방에 몸을 담은 이후에는 별다른 사건을 겪지 않았으니 그는 천명이라고 생각하게 되었다.

그는 선문의방에서 가장 경험이 많은 의원 중 하나였는데, 평소에 병치레가 많았다.

그런 그인지라 결국 허로에 걸린 것이다.

"신아, 너는 가서 오늘부터 내가 진료를 보지 못함을 알려라. 허로에 걸렸으니 내가 진료를 하면 환자가 더 늘어날 것이다."

"아, 알겠습니다, 허 의원님."

허일의 말에 의동은 공손히 읍을 하고 밖으로 나갔다.

허일은 옆의 독주에 손을 담가 닦고서는 가만히 생각에 잠겼다.

의원 중에서도 환자가 나오는 마당이니 앞으로 큰일이 생길 거라 본 것이다.

그리고 그런 허일의 예상은 맞았다. 이 전염병은 단지 산서성에서만 일어난 것이 아니었다.

중원 전역 각지에서 전염병이 창궐하고 있었다.

*　　　*　　　*

"쿨럭쿨럭! 너, 너는… 부디……."

안색이 검게 죽어 있고 깡마른 중년인은 말하는 것도 힘겨운지 겨우겨우 말을 잇다가 이내 힘을 잃고 축 늘어졌다.

두 눈은 뜬 채였으나 숨을 쉬지 않고 미동도 없다.

죽은 것이다.

"콜록콜록!"

그런 중년 사내 앞에는 한 명의 소년이 눈물을 흘리며 앉아 있다.

소년도 기침을 하고 있었는데, 그 기침에 피가 섞여 나왔다.

소년은 울면서 중년인의 몸을 흔들었다. 그러나 중년인은 눈을 뜬 채로 숨도 쉬지 않고 움직이지도 않았다.

소년은 눈물을 참으며 일어섰다. 그리고 옷가지를 들고 밖으로 나왔다.

다 쓰러져 가는 낡은 초막집.

소년은 그런 초막집 한쪽에 불을 붙였다.

화르르륵!

불이 타오르면서 검은 연기가 하늘로 치솟았다.

소년은 눈물이 마른 얼굴로 그 모습을 지켜보다가 집을 떠났다.

부모는 이제 없다. 또한 동전 한 조각도 가진 게 없다.

옷은 낡아빠져 여기저기 기운 것이고, 짚을 엮어 만든 신발은 해진 지 오래이다.

먹은 것도 없고 가진 것도 없다.

소년은 이제 눈물도 메말랐다.

남은 것은 심장에 생긴 텅 빈 구멍으로, 이 구멍은 그 무엇으로도 막을 수 없으리라.

전염병이 번지기 시작한 지 석 달째. 한여름이 지나가고 이제 가을이 오는 시점에 일어난 일이었다.

그것은 이 소년에게만 일어난 일은 아니었다.

모두에게 일어나고 있었다.

*   *   *

"다음 환자!"

장호는 애써 힘차게 소리를 질렀다. 그러면서도 기계적으로 장호의 손은 환자의 몸에 가 닿고, 진기를 나누었다.

선천의선강기.

원접심공을 뛰어넘는, 병자를 치료하는 데 특화되어 있는
진기이다. 선천진기에 가까운 순수한 기운은 생명력을 머금
어 환자의 병마를 단번에 쫓아냈다.

그러나 그의 내공이 비록 사 갑자에 달한다 할지라도 환
자를 무한하게 치료할 수는 없었다.

중병 환자는 겨우 열 명, 그리고 생사를 오가는 환자는 겨
우 다섯 명을 치료할 수 있을 뿐이다.

때문에 그는 그의 별호대로 움직일 수밖에 없었다.

생사판!

환자의 생사를 그 스스로가 판별하여 선고를 내렸다. 그
기준은 절대다수의 치료와 완치였다.

때문에 그는 중병 환자는 치료하지 않았다. 그들에게는
약재만을 처방하고 중병 직전의 환자에게만 진기를 사용했
다.

왜냐고?

이쪽이 더 효율적이니까.

중병 환자 한 명을 치료하는 데 들어가는 진기의 양이면
그 직전 환자 열 명을 치료할 수 있었다.

그리고 그 열 명을 치료하여 다시금 병에 걸리지 않게 관
리하는 쪽이 더 많은 이를 구할 수 있었다.

중병 환자 모두 약재로 치료한다고 하지만 조금만 관리를 잘못해도 결국 죽음에 이르고 만다.

하지만 어쩔 수 없었다.

더 많은 이를 살려야 했다.

중병 환자를 살릴 수 있음에도 장호는 그들을 죽여야만 했다.

"신, 신의님, 제, 제발……."

눈앞의 환자가 바로 그런 환자였다. 이미 폐 안쪽에 허로의 기운이 가득하여 진기로 몰아내지 않는다면 며칠을 장담할 수 없었다.

뜸이나 약을 사용한다 할지라도 살 확률은 반반이다. 게다가 이미 선문의방의 중환자실은 가득 찬 상태이니 과연 이들을 제대로 살릴 수 있을까?

중년의 사내는 비쩍 마른 몰골로 애타게 장호를 바라보았다. 그의 손이 바들바들 떨리며 뻗어왔다.

방금 전 장호가 진맥한 그 손이다.

"아, 아들이… 아들이… 아직… 쿨럭."

"쉬시구려."

장호가 손을 흔들었다.

그는 힘없이 들것에 실려 중환자실로 들려 나갔다.

아마도 그에게는 가족이 있을 것이다.

가진 것 없고 배운 것이 없어 어렵게 살아왔을 터.

그런 그이지만 이제는 모든 것을 내려놓아야 할 것이다.

그에게 그런 선고를 내린 것은 장호였다.

장호의 두 눈에 흉흉하게 살기가 어렸다.

"다음 환자!"

장호가 소리를 지른다.

그가 소리를 지르자 환자가 다시금 들것에 실려 들어 왔
다.

장호는 그의 맥을 짚었다.

그리고 무표정한 얼굴로 고개를 흔들었다.

"다음 환자!"

그의 목소리에 유난히 힘이 들어가 있다.

*　　　*　　　*

"백이십이 명, 백이십이 명. 크······."

어둠이 해를 가리고 달이 떠올라 세상을 비추고 있다.

늦은 시간에 장호는 홀로 연공실에 앉아 내공을 채우고
있었다.

선천의선강기는 내단을 형성한 이후 진기가 다시 채워지
는 속도가 엄청나게 빨라진 상태였다.

내단에 서린 기운을 거의 다 소모한다 할지라도 약 두 시진의 운기조식으로 전부 채워 넣을 수 있을 정도이다.

그러나 두 시진 동안 내공을 채워 넣어도 손이 모자랐다.

이것은 장호만의 문제가 아니다.

장호의 두 제자인 이연과 이진까지 모두 손을 거들고 있으나, 그래 봤자 이들이 치료할 수 있는 사람의 숫자는 하루 이백여 명 정도밖에 되지 않았다.

원접심공을 익힌 의원의 수가 근 삼천에 이르지만, 그들의 진기 양이 그리 많지 않고 선천의선강기에 비해서 효율이 좋지 않아 하루에 그들이 치료할 수 있는 숫자는 겨우 육천 명밖에 안 된다.

육천이백.

이 정도면 많다고 볼 수 있겠지만 사실 그렇지 않았다. 하루에도 산서성의 선문의방 본점과 분점에 방문하는 환자의 수가 무려 오만여 명이 넘기 때문이다.

산서성의 전체 인구가 삼백만 정도라고 추산되니 무려 거의 이 푼에 달하는 인구가 매일 선문의방을 방문하는 셈이다.

그렇다면 치료 받으러 오는 이들 외에도 병에 걸린 이들은 얼마나 될까?

아마도 삼십만 명은 넘으리라.

전체 인구의 일 할에 달하는 이들이 이 질병에 걸렸다면

이는 보통 심각한 일이 아니었다. 그나마 산서성은 사정이
다른 지역에 비해서 나았다.

원접심공을 익힌 삼천여 명의 의원들.

그리고 선천의선강기를 익힌 장호와 두 제자.

이들이 있었으니까. 필사적으로 의원들이 나서서 막은 탓
에 사상자가 그리 많지 않았고 전염병이 번지는 속도도 빠
르지 않았다.

아니, 지금은 전염 속도가 준 것이 확연히 보일 정도이다.

그러나 다른 지역은 그렇지 않았다.

다른 지역들은 그야말로 아비규환의 지옥도였다.

전체 인구의 약 이 할이 전염병에 노출되어 있는 상태였
고, 죽어나가는 이들의 숫자도 무지막지하게 많았다.

여기저기에서 시체를 태우고 있었고, 결국 관에서도 움직
였다.

전염병이 발발한 마을을 통제하고 모조리 도륙하는 일을
벌인 것이다.

그렇다.

지옥문이 열리고 산 자가 죽은 자를 부러워하는 시대가
도래하였다.

장호는 그런 상황을 각지에서 올라오는 정보를 통해서 파
악하고 있었다.

분노가 치밀어 오르지 않을 수 없었다.

그는 누군가에게 죽음을 선고해야만 했다.

비록 중환자실로 이송하여 살아난 이들도 존재하지만, 그렇다 할지라도 결과적으로 장호는 그들을 이미 한 번 포기한 셈이다.

때문에 그는 분노했다.

이런 질병은 쉽게 나타나는 것이 아니며, 인위적인 수단임에 분명해 보였으니까.

게다가 이는 전생 전에는 없던 일이다.

그렇다면 결론은 하나뿐.

황밀교다.

그들이 개입한 것이다.

장호에 의해서 흑사칠문 중 두 개가 사라졌고, 사파와 정파의 무게 추가 크게 기울어지자 손을 쓴 것이리라.

과연 그들의 저력은 끝이 없는 것인가?

장호는 이를 악물었다.

"내 너희를 가만두지 않을 것이다."

장호의 두 눈이 무섭게 타오르고 있다. 그렇게 이를 갈면서도 그의 단전은 빠르게 진기를 회복하고 있었다.

톡, 톡, 톡.

그렇게 이를 갈며 진기를 회복하고 있는 장호의 귀에 미세한 소리가 들려왔다.

일정한 간격으로 나는 소리였다.

장호는 자리에서 벌떡 일어섰다.

기다리던 신호가 온 것이다.

슉.

연공실 한쪽에 있는 옷걸이에서 복면을 꺼내어 든 장호는 그대로 밖으로 나갔다. 그리고 그대로 신형을 날려 지붕 위로 올라섰다.

지붕에는 복면을 한 여인이 한 명 서 있다.

익숙한 기운.

여이빙이었다.

"일찍 나왔네?"

"기다리고 있었으니까."

"완전히 확인했어. 뭔지는 모르겠지만 지독한 마공을 익힌 녀석들이 있더라구."

"몇 명이나?"

"대충… 화경급이 세 명."

"세 명이나?"

화경급이 세 명이라니?

"그건 계산 외로군."

장호는 자신을 감시하고 있는 황밀교의 존재가 있다고 예측하였고, 산서성에 마련한 정보망을 가동해 그들을 찾아냈다.

산서성의 인구가 삼백만인 상황에서 그 삼분의 일인 백만 명이 장호의 그늘 아래 있는 상태다.

그렇다면 장호가 산서성에서 일어나는 일을 모를 수가 있을까?

겨우 일만의 무인을 가지고 상계를 포함에 관인들에게까지 영향을 미치는 명문대파들도 어지간한 정보는 다 알고 있다.

백만 명의 실질적인 수장인 장호라면 산서성의 일은 그야말로 손바닥을 들여다보듯 할 수 있는 일이다.

황밀교로 의심되는 자들을 찾는 것은 일도 아니었고, 그들의 정보를 여이빙에게 전달하여 그들을 척살하고 있었다.

그런데 오늘 여이빙이 자신을 불러냈다는 것은 여이빙도 쉽게 감당하기 어려운 적이 나타났다는 것을 의미한다.

그런데 화경급이 세 명이라니?

이는 황밀교에서 완전히 장호를 끝장내고자 한다는 반증이다.

다만 황밀교가 모르고 있는 사실은 이미 이 산서성이 완전히 장호의 것이기에 그들의 종적이 쉽게 발각되었다는 것이다.

그런 의미에서 장호의 곁에 있는 황밀교의 끄나풀은 그 수가 적거나 요직에 있는 사람이 아니라는 뜻이다.

그렇지 않았던들 이리 쉽게 종적이 발각되었을까?

물론 그들의 종적을 찾았다고 해서 그들의 무위를 확인하는 일은 어려운 일이다. 초절정의 고수만 해도 기도를 감추면 잘 알아볼 수 없으니까.

하지만 그것과 별개로 그들이 수상해 보이는 것은 어쩔 수 없는 일이다.

인구 백만 명.

이 숫자는 정말로 간단한 것이 아니다.

그들의 눈과 귀는 산서성 전체를 아우르고 있다.

산서성의 인구가 삼백만.

즉 세 명 중 한 명은 장호의 그늘 아래 있다는 것. 바로 옆 친구가 의선문의 사람이다.

외인이 나타났다? 이상한 일이 있었다?

그걸 의선문이 모를 수가 있겠는가?

개방을 능가하는 감시망이다.

산서성에서만큼은 최대, 최강의 정보력을 가진 셈이다.

그러니 황밀교라고 해서 걸리지 않을 수가 없다.

비단 황밀교뿐만이 아니다. 개방, 하오문, 그리고 그 외의 세력까지.

그들이 어느 집단의 사람인지까지는 모르지만, 그들이 외부의 끄나풀이라는 것은 확실히 파악한 상태이다.

그것은 산서성 전체가 장호의 손아귀에 확고하게 들어왔다는 의미다. 장호가 반란을 일으켜도 산서성에서는 막을 자가 없을 정도가 된 것이다.

이는 황실 입장에서는 몹시 불행한 일이지만, 이미 무능과 부패로 점철된 황실에서는 이곳을 통제할 수 없었다.

장호의 뇌물을 받아먹은 인사들이 워낙 많은 탓이다.

특히 장호는 돈뿐만 아니라 노강환이라는 희대의 정력제를 뇌물로 주었다.

이걸 마다하기에는 탐욕스러운 위정자들의 의지가 강하다고 할 수 없었다.

결과적으로 장호는 이제 누구도 손을 댈 수 없었다.

그것은 황실 최고의 권력자라고 할 수 있는 제독태감도 마찬가지였다. 그만큼 확고한 영역을 구축한 것이다.

"화경급이 세 명이라……. 역시 이번 일은 나를 노리고 하는 일인가 봐."

"아마도 그런 게 아닐까? 그렇지 않다면 세 명이나 하릴없이 오겠어? 화경이면 거대 문파의 장로 중에도 몇 명 없다고."

화경.

이 경지에 다다른 자를 사람들은 절대고수라고 부른다.

괜히 절대라는 수식어가 붙는 것이 아니다. 화경에 오른 이를 감당하려면 초절정고수가 다섯은 필요하다.

물론 이것도 익힌 무공이나 서로의 상성에 따라 다른 부분이 존재한다.

어떤 이는 홀로 열 명이 넘는 초절정고수를 죽이고도 생존이 가능하고, 어떤 이는 세 명의 초절정고수도 감당하기 어려울 수도 있다.

그러나 어찌 되었던 무시무시하게 강한 존재가 바로 이 화경에 오른 이다.

그런 이들은 명문대파에도 몇 명 존재하지 않았다. 강호를 통틀어도 삼십 명에서 사십 명 정도가 전부이다.

그런 이들이 세 명이나 와 있다면 이는 장호를 반드시 죽이겠다는 의도로밖에는 볼 수 없다.

하지만 이들의 행적이 이리 밝혀졌다면 이야기는 다르다.

이쪽에도 화경의 절대고수가 한 명, 그리고 화경의 절대고수라고 할지라도 죽일 수 있는 자가 한 명이 있지 않는가?

여이빙, 장호.

이 둘이면 세 명을 죽이지 못할 것도 없다.

이미 검치 순우생을 죽였으니 다른 이들이라고 해서 못 죽일 것도 없다. 장호는 현재 최강의 방패를 지닌 상태.

다른 부분의 무공은 뒤떨어지지만 너무나도 단단한 신체는 다른 이들을 압도한다. 게다가 여이빙 역시 전생 전에 천하십대고수로 이름을 날렸다.

그녀의 잠재력은 강력하니 밀리지 않으리라.

"어떻게 할 거야? 우리끼리 해? 세 명이라 좀 부담되지만……."

"우리끼리 하는 것도 좋지만 차도살인 어때?"

"차도살인?"

"그래. 개방을 끼워 넣는 거야."

개방.

전생 전에도 가장 큰 활약을 한 집단이다.

그것은 개방의 방주인 구지신개 때문이다.

그가 있음으로 해서 개방은 어떤 문파보다도 황밀교에 가장 큰 피해를 입히게 된다.

"그쪽도 황밀교에 대해서 눈에 불을 켜고 찾고 있으니까 정보를 아주 슬쩍 흘리면 반응이 있겠지."

"하지만 저쪽은 바로 움직일 태세인데?"

"괜찮아. 경계를 강화하면 돼. 화경이라고 해도 천 명의 궁수가 쏘아대는 철시(鐵矢)를 막을 수는 없거든."

철시는 호신강기로도 버티는 것이 쉽지 않다. 그만큼 위력이 강하기 때문이다.

의선문의 문도는 전원이 궁술을 수련했고, 대부분이 제법 능숙한 궁사이기도 하다.

게다가 내공을 수련하고 무공을 수련하기 때문에 활의 위력이 남다를 수밖에 없다.

그 위력을 더욱 배가시키고자 만든 것이 바로 철시다.

철시의 위력은 기존의 목시(木矢)와 비교했을 때 거의 세 배의 차이가 난다고 할 수 있었다.

장호처럼 아예 외공을 전문적으로 익혀 화경에 오른 이가 아니라면 천여 명의 궁수가 쏘아대는 철시를 막아내는 것은 불가능했다.

이미 의선문에서는 화경의 절대고수를 상대로 한 전략과 전술을 연습하고 훈련한 지가 오래이다.

비록 실전을 거치지는 않았지만, 장호가 직접 실전을 방불케 하는 대련으로 훈련시켰기에 그 효과는 남다르다고 자부할 수 있었다.

"그럼 오늘은 물러가?"

"그래."

"좋아."

장호와 여이빙은 조용히 자리를 떴다.

第五章

충돌

충돌은 그 여파를 남긴다.
그것은 결코 아름답지만은 않다.

현상

산서성 태원에는 개방의 산서성 분타가 있다.

산서성 전체를 총괄하는 곳으로서 당연하지만 상당한 권한을 가지고 있다. 이곳의 분타주는 일 년 전 교체되었는데, 지금은 이면개(異面丐) 공리준이라는 자가 개방의 산서성 분타주로 자리하고 있었다.

이면개 공리준.

그는 누구인가?

개방에도 더러운 일을 처리하는 자들이 따로 존재했다.

이들은 강호 대의와 협의를 위해서라면 그 스스로 궂은일도 마다하지 않는 개방의 골수파 인물들이다.

개방 방주가 양지의 얼굴이라면, 이들은 개방의 음지의 얼굴이다.

흑개방(黑丐房).

그게 이면개 공리준이 속한 조직의 이름이다.

그리고 흑개방에는 도합 이십팔 명의 걸인이 포함되어 있었고, 이들 모두가 개방의 감찰조직인 개방감찰대에 속해 있었다.

개방감찰대는 총인원 백여 명으로, 대부분이 특이하고 기상천외한 능력을 가지고 있었다. 그런 이들 중 고르고 고른 이들이 바로 이들 흑개방의 거지들이다.

그리고 이들 대부분이 강호 정의에 집착해 왔고, 정의의 집행이라는 이름하에 악행도 서슴지 않았다.

예를 들자면 탐관오리를 암살하는 일 같은 것은 이들에게 늘 있는 임무였다.

그리고 장호도 이들의 정체를 알고 있었다.

과거 황밀교의 난이 일어나고 그들과의 전쟁 과정에서 흑개방이 드러났기 때문이다.

그렇다고 해서 문제가 된 것은 없었다.

그런 음지의 일을 처리하는 조직은 어느 곳에나 있게 마련이니까.

다만 그들은 본래 드러나서는 안 되나 전쟁이 격해지면서 드러난 것뿐이다.

그래서 장호도 알게 된 것이다.

흑개방의 정체에 대해서.

다만 장호는 흑개방에 속한 이들 전부를 알지는 못했다. 그러나 운이 좋게도 이면개 공리준에 대해서는 알고 있었다.

그는 본래 천재로 태어났다. 가난한 학사 가문에 태어난 그는 아버지에게 학문을 배웠고, 이윽고 아버지를 뛰어넘는 학식을 소유하게 된다.

그는 나이 열넷에 출사하였고, 여러 가지 시험에서 합격하게 된다.

그러나 그는 너무나 순수했다.

그의 나이 열여섯에 그에게 뻗은 더러운 음모의 손길은 그의 가족을 죽게 만들었으며, 그가 누명을 쓰게 만들었다.

그는 골병이 들 때까지 곤장을 맞고 길가에 내버려지게 된다. 그런 그를 구한 것이 바로 구지신개.

구지신개는 그를 개방의 일원으로 받아들였으나, 그의 복수심은 사그라들지 않았다. 결국 구지신개는 그를 흑개방의 일원으로 만들었다.

탐관오리를 참살하고, 고리대금을 하는 이들에게 염라대

왕과 같은 혈사신이 출현하게 된 경위가 바로 그것이다.

혈사신의 정체가 바로 이면개 공리준.

때문에 그의 별호가 이면개다.

다른 얼굴을 가졌다는 의미다. 이는 개방 내에서 만들어 낸 별호지만, 그가 혈사신인 것은 개방에서도 극소수만이 아는 일이다.

때문에 세인들은 그가 왜 이면개인지 궁금해할 것이 자명하지만, 그런 의문을 가진 이는 없었다.

왜냐면 이면개 공리준은 이면개라는 별호에 부합하는 모습을 하고 다녔기 때문이다.

그의 두 눈은 서로 다른 방향으로 움직였다. 두 눈동자가 한곳에 집중되는 경우가 무척이나 드물었다.

그런 기괴한 모습은 이면개라고 불릴 만한 모습이 아닌가?

게다가 그는 표정이 없었다.

웃지도 않고 결코 화를 내지도 않았다.

두 눈만이 서로 다른 방향에서 사람을 본다. 그러니 기괴할 수밖에. 이자가 악인을 증오하는 살인마 혈사신인 것을 아는 자는 없으나 대외적으로 불의를 보면 참지 않는다는 것은 잘 알려져 있었다.

때문에 이면개 공리준은 강호에서도 상대하기가 지극히

까다로운 사람으로 알려져 있었고, 그는 지금 몇 가지 보고를 받고 있었다.

"누가 들었지?"

"그, 그게 노가호동의 무결제자인 호거아가 들었습니다요."

이면개는 더럽고 해진 거적을 입고 있었다. 씻지도 않았기에 악취마저 나고 얼굴엔 땟물 자국이 그대로 남아 있다.

그러나 그의 표정과 두 눈은 그런 더러움 따위를 잊게 만들었다.

그의 앞에 앉은 개방도 역시 제법 출중한 무술 실력을 가졌으나, 그는 공리준을 보며 쩔쩔매고 있었다.

"노가호동… 호거아."

말을 되뇌면서 공리준의 눈이 서로 다른 방향으로 돈다. 그것은 더더욱 기괴하고 공포스러웠다.

"마인으로 짐작되는 이 세 명이 나타났고, 이들이 며칠 전부터 있던 기생 납치 살해 사건의 주범으로 보인다는 게 현재 정황인가?"

"예, 그렇습죠."

"공교롭군."

"공교롭긴 하지만 사실입니다. 그렇지 않나?"

보고를 하던 개방도 궁개 허문탁은 옆에 동석한 친우이

자 산서성 태원 분타 소속인 요개 진승의 옆구리를 푹 찔렀다.

곰 같은 덩치의 궁개 허문탁이 찌르자 꾀죄죄하고 작은 체구의 진승은 화들짝 놀라며 고개를 끄덕였다.

"그럼요. 사실이고말굽쇼. 이미 저희 형제들이 다 뒤져봤습니다. 호거아 말대로 그놈들이 확실합니다."

뚝.

"확실하다?

이면개의 두 눈동자가 움직임을 멈추었다.

"기괴하군."

당신 눈이 더 기괴해.

요개 진승은 그리 생각하며 침을 삼켰다.

"그 세 명의 마인을 둘러싼 이들도 수상하다지?"

"그럼요. 이 태원에 자리 잡은 건 대략 십 년쯤 된 이들이긴 한데… 사실 수상하다기보다는 그간 평판이 좋았습죠. 이웃도 잘 돕고 저희들에게 적선도 잘하구요."

"진가장이 태원에 자리 잡은 게 십 년 전이니 제법 기간이 되긴 했습니다. 그런데 그 세 마인이 나타난 이후 다시 보니 수상한 점이 한두 군데가 아니었거든요."

"어느 점이 수상한가?"

이번에는 궁개 허문탁이 답을 했다.

"너무 착하다는 거죠. 소문이 좋아요. 보통 그 정도 크기의 장원이면 안 좋은 소문이 날 법도 한데 냄새가 안 나는 게 도리어 수상하죠. 심지어 이놈들은 세금도 잘 내요."

"그럼요. 뇌물도 그렇게까지 잘 주는 것도 아니라고 하니 수상하지 않습니까?"

부패가 만연한 시대다. 도리어 청렴하면 이상한 취급을 받는다. 하지만 어쩌겠는가? 그게 지금 시대의 현주소인 것을.

"그렇군. 마인이라……."

"왜 그러십니까요?"

"역시 공교롭군."

"그렇습니까?"

"하지만 움직이지 않을 수 없지."

이면개의 두 눈동자가 다시 움직이기 시작했다.

"방도들을 소집하라. 이는 나 산서성 분타주의 명이니 산서의 개방도는 이 명을 집행하라."

"존명."

* * *

개방의 방도 수는 무려 십만에 달한다는 말이 있다.

하지만 실제로는 그렇지 않았다. 그 진실된 숫자는 대략 오만.

물론 이것만 해도 다른 대형 문파 열 개를 합쳐야 나오는 숫자이긴 하다.

그러나 이들 중 대다수는 별다른 힘이 없는 자들이었다.

삼류 수준의 무술이라도 익힌 자를 대상으로 하면 그 수는 약 이만여 명 정도. 이것도 다른 문파에 비하면 어마어마한 숫자이긴 매한가지지만, 대신에 개방에는 절대고수의 수가 다른 문파에 비하면 조금 부족했다.

즉 머릿수로 밀어붙이는 문파가 바로 개방이었다.

그러나 그 머릿수를 무시했다간 큰코다칠 수 있었다.

개방은 다수가 소수를 제압하거나 살해하는 방법을 오래 전부터 연구해 왔고, 그 결과 개발된 것이 바로 타구봉진이다.

길이 반 장의 제법 긴 봉을 가지고 다니는 개방도들이 그런 장병기를 이용한 진형을 취하면 이는 관군에서 쓰는 창병의 진보다도 더 효율적이고 견고했다. 삼류 무공이라고 해도 내공을 익힌 이 수백이 타구봉진을 펼치면 초절정고수도 뚫는다고 보장할 수 없었다.

타구봉진은 사람 수가 늘어나면 늘어날수록 효과적이니 이는 확실히 개방다운 절진이라고 할 수 있었다.

그런 개방도들이 하나둘 모여들었다. 이미 관리들과 포두, 포졸들에게 뇌물을 적당히 먹인 개방은 새벽 시간에 대놓고 개방도들을 끌어모은 것이다.

일류에 도달한 이가 무려 백, 그리고 이류가 이백에 삼류가 다시금 삼백이다.

무려 육백에 달하는 개방도가 모여든 것이다.

그 전면에는 초절정의 고수인 이면개 공리준과 그가 불러들인 흑개방의 한 명인 철심개 두아건이 있었다.

초절정고수가 둘, 거기에 육백에 달하는 개방도가 뒤를 받친다. 이 정도면 상대 쪽에 초절정고수가 열이 있더라도 능히 감당이 가능했다.

쾅!

이면개가 대문을 박차고 그 안으로 성큼성큼 들어섰다.

"진가장주! 순순히 죗값을 받으라!"

공리준의 외침이 퍼져 나갔다. 그리고 그의 뒤를 따라 장원 안으로 개방도들이 들어섰다.

그런데 기이하게도 장원 안쪽은 고요한 침묵만이 감돌고 있었다.

"이미 눈치를 채고 도주했는가?"

"그럴 수도 있겠군. 어디의 인물들인지는 모르나 마인이라면 조심성이 많을 테니까."

철심개 두아건의 말에 이면개 공리준은 고개를 끄덕였다.

이 산서성은 정파의 세력권이나 마찬가지다. 게다가 현재 의선문은 명문대파를 능가하는 세력을 가지고 있다.

그러니 마인들의 경우 조심성을 가지고 도주를 택했을 수도 있었다.

그렇게 생각하며 막 지시를 내리려던 공리준은 갑작스레 들려오는 목소리에 행동을 멈추어야 했다.

"클클클, 거지 떼가 주인 없는 집을 마구 뒤지다니 강호의 도의가 땅에 떨어졌구나."

"그게 어디 우리 잘못이겠소? 정파랍시고 거들먹거리는 위선자들의 가면이 벗겨진 것이 아니오?"

"확실히 황 형의 말이 맞는가 보오. 저들을 보시구려. 어디 저게 정파의 몰골이오? 도적떼가 따로 없소이다."

그것은 늙수그레한 목소리였다. 하나는 굵고 하나는 낮았으며 다른 하나는 째지는 듯한 소리였다.

그런데 이 목소리가 어디서 들리는지 알 수가 없었다. 사방에서 울리듯이 들려온 탓이다.

육합전성!

소리를 조종해 그 위치를 가늠하기 어렵게 만드는 술수.

이것은 상대가 최소 초절정고수 이상이라는 것을 의미했다.

일이 좋지 않게 흘러가는군.

이면개 공리준은 두 눈을 빠르게 굴리기 시작했다.

"저놈은 도마뱀도 아닌 게 눈이 따로 노는군."

"이면개라고 하는 개방의 떨거지라오."

"그게 뭐하는 종자요?"

"뭐 악을 미워한다나 뭐라나? 저것도 산안공의 부작용이라고 하던데."

"흠, 풍 형은 역시 아는 것도 많소. 귀가 커서 그러나?"

"그럴지도 모르겠소이다."

목소리가 점점 가까워지더니 결국 하늘에서 세 명의 노인이 땅에 떨어져 내렸다.

한 명은 우람한 체구를 가졌고, 다른 하나는 귀가 아주 길었으며, 다른 하나는 왜소하고 작은 체구를 지녔다.

아마도 이중 귀가 긴 이가 풍 형이라 불린 이일 것이다.

그들의 등장에 철심개 두아건이 딱딱한 표정이 되었고, 이면개 공리준의 두 눈이 움직임을 멈추었다.

"철마혈괴 황공, 통이비마 풍산호, 독수혈살 목상고. 전대의 거마들이 어디서 기어 나왔단 말인가?"

이면개 공리준은 표정이 변하지 않았다. 마치 가면을 쓴 듯 눈동자만이 움직임을 멈춘 채로 차분한 어조로 말하였다.

그러나 그의 그런 말은 정녕 놀라운 것이 아닐 수 없었다.

철마혈괴, 통이비마, 독수혈살.

이들 세 사람은 삼십 년 전 활동하던 대마두들로서 그 당시에도 초절정고수로 알려져 있었으며 개개인이 적어도 천여 명 이상을 학살한 자들이다.

삼십 년 전에 이미 초절정고수로 알려져 있던 이들이니 지금의 무위가 화경에 도달했다고 해도 이상할 것이 없었다.

그런 이들이 세 명이나 나타나다니!

이는 아주 심각한 일이었다.

"허허, 요새 강호 도의가 땅에 떨어지긴 했나 보오. 새파란 후배가 선배들에게 반말하는 것을 보시구려.

철마혈괴 황공, 그가 혀를 차며 말했다. 그는 팔 척의 거한이었는데, 과거에도 외공으로 유명했다.

비록 얼굴은 노인이나 그 정정함은 젊은이 못지않아 보였다.

그의 나이가 거의 여든이 넘었을 터인데도 저리 정정하다면 그 내공 수준이 노화순청의 단계에 접어든 것이 분명했다.

"황 형 말이 맞는 것 같소. 이제 예의는 눈을 씻고 찾아봐도 없구려."

독수혈살 목상고가 수염을 쓰다듬으면서 동의했다.

"타구대진을 펼쳐라!"

공리준은 더 이상 말을 할 필요성을 느끼지 못했다. 이 노괴들을 이기려면 시간을 끌어 좋을 것이 없기 때문이다.

게다가 저 독수혈살 목상고는 독공의 고수이니 시간을 주어봤자 중독자만 늘어날 터였다.

그러나 공리준의 그런 생각은 확실히 효과적인 것이었으나 옳은 것은 아니었다.

그는 다른 선택을 해야만 했다.

도망간다는 선택 말이다.

"개를 잡으러 들어간다! 어허야! 개야, 어디를 가느냐!"

개방도들이 시끄럽게 노래를 불렀다. 반 장가량의 장대를 내밀며 달려드는 그들의 모습은 확실히 명문의 저력이 있어 보였다.

그런 그들의 앞으로 철마혈괴 황공이 나섰다.

"하하하하! 개들이 무척 시끄럽구나!"

그의 몸에서 그를 철마혈괴라 부르게 만든 철혈황룡금기공이 일어났다.

그의 몸에서 금광이 번쩍이면서 하나의 금 조각상과 같이 변한 그가 팔을 휘두르자 그를 향해 달려들던 타구봉이 모조리 부러져 버리는 것이 아닌가?

콰앙!

그와 함께 그가 마치 분노한 소처럼 돌진하여 개방도들을 들이받자 단번에 세 명의 뼈가 부러지며 즉사하고 말았다.

그것은 평범한 초절정의 경지는 분명 아니었다.

공리준은 그 모습에 그가 벽을 넘어섰음을 알아차렸다.

"화경……!"

화경의 고수, 그것도 외공으로 화경에 오른 이는 하수가 아무리 많아도 대적이 불가능하다는 것이 강호의 상식이다.

저자는 같은 화경이 아니면 죽일 수 없었다.

후퇴해야 하는가?

공리준이 이를 악물 때였다. 두 개의 흐릿한 그림자가 아직 자리를 지키고 있는 통이비마 풍산호, 독수혈살 목상고를 향해 떨어져 내렸다.

*　　　*　　　*

장호는 오래전부터 장원을 감시하며 개방의 움직임을 보고 있었다. 그리고 개방의 움직임에 맞추어 장원의 인물들이 빠져나가는 것도 지켜보았다.

이 산서성은 이미 장호의 것이다. 그러니 저들이 여기서 빠져나갔다 할지라도 장호의 손아귀에서 벗어날 수는 없었다.

그리 생각하며 장원을 지켜보고 있는데 개방도들과 세 명의 마인이 결국 충돌했다.

그리고 세 명 중 한 명이 전면으로 나서더니 개방도 사이로 뛰어드는 것을 보고 장호는 생각했다.

기회군, 기회야.

"지금?"

옆에서 여이빙이 복면을 한 채로 묻는다.

장호는 고개를 끄덕였다.

"지금."

그리고 장호와 여이빙의 신형이 쏘아진 화살처럼 허공을 갈랐다.

그 움직임은 은밀했지만 동시에 빨랐다.

그리고 결국 통이비마와 독수혈살 뒤쪽으로 뛰어들 수가 있었다.

철마혈괴 황공은 현재 십오 장 정도 떨어져 있는 상태.

개방도들이 시간을 끌어준다면 이들 둘을 처리하기엔 충분하리라.

섬전처럼 쏘아진 둘은 그대로 통이비마와 독수혈살의 뒤를 공격했다.

그러나 이들도 화경의 고수.

둘은 황급하게 뒤로 몸을 돌리면 장호와 여이빙의 공격을
막아냈다.

第六章

마혈신외공의 진수

강함은 옳다.
강하지 않다면 너는 죽을 테니까.

강호의 격언

"웬 놈들이냐?"

통이비마가 눈을 가늘게 떴다. 그의 두 눈에는 살기가 충만했고 그의 몸에서는 소름 끼치는 기운이 흘러나왔다.

확실히 그 모습은 흉신악살이나 다름없다고 할 만했다. 또한 독수혈살의 모습도 그와 다르지 않았다.

갑작스러운 공격을 받았으니 마인으로 이름이 드높은 그들의 흉성이 폭발할 만했다.

그럼에도 그들은 바로 공격하지 않고 이름을 물었다.

장호는 그들의 행동에 피식 웃었다.

과연 노물들이구먼. 내상을 조금 입었으니 시간을 끌어보시겠다?

장호는 그런 생각을 하며 전음을 보냈다.

[시간을 끌려는 속셈이야. 내상을 조금 입은 모양이니 속전속결로 끝내자고.]

장호는 그 말을 끝으로 바로 독수혈살을 향해 달려들었다.

장호의 능력은 그야말로 독공의 고수와는 절대 상극이다.

전설상의 독종독인의 경지에 이른 이가 아니라면 장호를 상대하는 것은 절대 무리. 사실상 독으로는 장호를 어찌할 수가 없었다.

기실 이것은 황밀교의 실수다.

황밀교는 장호가 독공의 고수이며 금강불괴에 이른 이라는 것을 알고 있었다.

때문에 외공으로 이길 자와 독을 상대할 자, 그리고 그 움직임을 봉쇄할 세 명의 화경 고수를 보낸 것이다.

그게 실수였다.

여기에 여이빙이 있을 거라고 생각하지 못한 것이 첫 번째 실수이며, 장호의 의선문이 산서성 전역을 장악했다는 것을 모른 것이 두 번째 실수였다.

하기야 그들이 어찌 알 수 있겠는가. 의선문이 이렇게 고속으로 성장하고 절대적인 장악력을 보일 줄 말이다.

그 결과가 이것이다.

개방도를 움직여 세 명의 화경에 이른 마두들을 분산시키고 장호는 여이빙과 협력해 습격했다.

때문에 가장 상성이 좋지 않은 독수혈살 목상고가 장호와 정면으로 싸우게 생긴 것이다.

또한 통이비마 풍산호에게는 내공에서 상당한 차이를 보이는 여이빙이 달라붙었다.

이는 극히 좋지 않았다.

여이빙과 풍산호가 서로 비등하게 싸울 수는 있겠지만, 목상고는 장호를 이길 수 없었다.

쾅!

장호의 몸이 흐릿한 유령처럼 날아들었다.

지극히 빠른 그 속도에 화경에 이른 목상고는 기겁하며 쌍수를 흔들었다.

화경에 이르러 진기를 끌어올리는 속도가 과거와는 비교할 수 없기에 가능한 수법이다.

순식간에 진한 진기가 만들어져 장풍이 되어 뿌려졌다.

펑! 퍼펑!

검은 장력이 두 번 쏘아졌다.

그러나 장호는 장력을 두 손으로 쳐내면서 그대로 돌진했다.

조금의 망설임도 없는 그 움직임 때문에 속도는 조금도 줄어들지 않았다.

　스치기만 해도 사람을 즉사시키는 독기가 서린 것이었음에도 말이다.

　덕분에 두 번의 장력을 파쇄하면서 달려든 장호는 순식간에 목상고의 면전에 다다라 발을 땅에 박아 넣었다.

　쾅!

　청석이 쩍 갈라지고 지면이 뒤집어졌다.

　그러나 누구도 그 모습을 신경 쓰지 못했다.

　그 다리를 내디딤과 동시에 장호의 우측 손이 무시무시한 속도로 쏘아져 나갔기 때문이다.

　극에 이른 전사경의 묘리를 담은 정권.

　정권(正拳) 지르기.

　이는 무인이라면 기초 중의 기초 권법인데, 이를 제대로 수련하면 전사경의 묘리를 섞을 수가 있게 된다.

　전사경(纏絲勁).

　뜻을 풀이하면 실을 감는다는 의미이다.

　이는 몸 안의 힘을 실처럼 감으며 경을 발한다는 뜻인데, 그 묘리는 회전력이었다.

　즉 땅을 박차는 그 순간의 충격력을 몸의 근육을 이용하여 회전시켜 발출하는 것이다.

제대로 수련한다면 내공 없이 근육의 힘만으로도 능히 맨손으로 바위를 부수는 위력을 보일 수가 있다.

그렇다면 이에 내력을 담는다면 어떨까?

게다가 이 전사경을 사용하는 이가 역발산기개의 괴력을 가지고 있다면 어떻게 되겠는가?

그 결과가 지금 여기에 있다.

화악!

그것은 소리도 없이 빠르게 다가왔다.

단단하게 쥐어진 주먹이 단번에 공간을 뚫고 인과를 무시한 듯한 착각이 들 정도의 속도로 달려온 것이다.

그 속도가 전광석화를 방불케 할 정도였고, 독수혈살은 그것을 막거나 피한다는 생각조차도 하지 못했다.

때문에 그 주먹은 너무나도 간단하게 독수혈살의 늑골을 부러뜨렸다.

그리고 그에 대해서 고통을 느끼기도 전에 그 안쪽으로 아주 간단하게 파고들어 폐를 찢어버리고 그 안의 다른 근육까지 모두 절단하고 말았다.

이윽고 주먹은 등판을 뚫고 나왔고, 그제야 멈추어 섰다. 하지만 그 이후의 일은 더 엄청난 것이었다.

극쾌의 속도로 날아온 주먹은 소리보다도 빨랐고, 주먹이 정지함과 동시에 어마어마한 파괴의 여파가 주변을 휩쓸었다.

콰아아아앙!

공기가 폭발하고 진기가 사납게 춤을 추며 사방으로 번져 나갔다.

독수혈살의 독으로 가득한 육체가 단번에 갈가리 찢기며 사방으로 비산하기 시작했다.

수만 조각으로 나뉜 육편이 흩어지는 그 모습은 그야말로 처참하기 이를 데 없었다.

이윽고 폭발이 끝나자 보인 것은 상반신이 완전히 뜯겨나간 처참한 시체 하나와 호신기를 일으켜 피와 육편을 모두 막아낸 장호의 모습이다.

"휘유."

장호는 자신이 한 일에 휘파람을 한 번 불었다.

그의 그런 모습에 이미 장내의 싸움은 멈추어 있었다.

누군들 그러지 않겠는가?

일 권에 상체가 산산조각 나서 흩어지는 모습을 본다면 누구도 그러지 않을 수 없으리라.

"내 전력이 이 정도로 강해진 줄은 몰랐는데."

장호는 그리 말하고 옆을 돌아보았다.

그곳에는 넋을 잃은 통이비마가 서 있다.

"이빙."

"왜, 왜?"

마침 대치하고 있던 여이빙이 떨리는 목소리로 대답했다.

"그 녀석 잡는 거 도와줘?"

그제야 여이빙은 자신이 넋을 잃고 있었다는 것을 깨닫곤 한 발자국 뒤로 물러섰다.

"아니. 내가 할게."

"좋아, 그러면 저쪽 튼튼한 노인네는 내가 맡지."

파파팟!

그때다. 통이비마가 전력을 다해 하늘로 날아올랐다.

도주를 결심한 것이다.

팟!

그러나 그 뒤를 여이빙이 쫓았다.

장호는 그곳에서 시선을 돌렸다.

그리고 무시무시한 눈으로 자신을 보고 있는 근육질의 노인을 볼 수 있었다.

"네놈, 무슨 외공을 익혔느냐?"

"마혈신외공."

"그걸… 익혔다고?"

철혈황룡금기공.

이는 과거 원제국이 중원을 지배하던 시절에 만들어진 무공으로, 과거에는 천하오대외공으로 불리던 신공절학이다.

철혈황룡금기공을 익히려면 천 명의 동녀와 동침해서 그

들의 순음지기를 흡수해야 하는데, 다만 그러면서도 여아들의 목숨을 빼앗거나 건강에 해가 되는 부분이 없는 게 특징이었다.

익히는 방법이 그리 좋은 것은 아니지만 그렇다고 딱히 사악하지도 않은 그런 무공이었다.

다만 익히는 것이 어려웠다.

천 명의 동녀와 동침한다는 게 어디 쉬운 일인가?

사람을 돈 주고 사는 것이 쉬운 시대지만, 동녀는 값이 제법 비쌌다.

그러니 어지간히 재산이 많지 않으면 익히기가 불가능했다.

입문도 문제지만 이후 높은 경지에 오르려면 여러 가지로 돈이 많이 들어가는 무공이 이 무공이었다.

그래서 실제로 익힌 이가 그리 많지 않았다.

본래는 원제국 시절에 황족들 익히라고 만든 것이지만—황족이라면 돈은 크게 문제가 안 되니까—황족들은 대부분 게을러서 아무도 익힌 이가 없었다.

도리어 황족이 자신이 총애하는 호위무사에게 익히게 하는 경우가 더 많았다.

여하튼 이 무공을 우연히 얻은 황공은 그리 돈이 많은 이가 아니었다.

그래서 그는 여러 악행을 저지르면서 무공을 익혔다.

그 결과 그는 철혈황룡금기공을 대성하긴 했으나, 세상에 다시없을 대마두로 이름을 날리게 되었다.

그리고 그는 자신의 철혈황룡금기공을 보완하기 위한 수련과 무공 섭렵도 했다.

그러던 중에 알게 된 것이 바로 마혈신외공이다.

그는 외공의 절대고수답게 이 무공의 장점을 한눈에 알아보았다. 그 원리도 파악했다. 문제는 이걸 익히는 게 상상을 초월할 정도로 힘들다는 것.

돈 문제도 있지만 고통도 문제였다.

그래서 그는 포기했다.

그런데 그걸 익힌 이가 나타난 것이다.

"어떻게 그걸 익혔지?"

"의원이다 보니."

"호오, 의술에 길이 있나?"

"적어도 나 정도면."

"천하제일의 의술이라……. 아깝긴 아까워."

그는 고개를 주억거렸다.

"좋다, 오늘 내 철혈황룡금기공이 위인지 마혈신외공이 위인지 한번 알아보자!"

쿵! 쾅! 쿵! 쾅!

성난 들소와 같이 그가 돌진해 온다. 속도는 그리 빠르다고 볼 수 없었다.

그러나 그 몸에 금광이 둘러지자 그를 막을 수 있는 것은 그 무엇도 없을 듯 보였다.

장호는 그런 그의 황소와 같은 모습에 피식 웃었다.

저쪽이 힘으로 나온다면 자신도 물러설 수는 없다고 생각한 것이다.

자존심 문제는 아니다.

실험이다.

자신을 억누를 수 있는 외공의 고수가 있는지, 외공으로 화경에 오른 이를 자신이 감당할 수 있는지 실험하기 위해서 물러설 수 없었다.

콰아아아앙!

장호 역시 전력으로 달려가 그대로 충돌했다.

두 고수의 손이 허공에서 전력으로 맞부딪쳤다.

그리고 뒤로 물러선 것은 바로 황공이었다.

"아니?"

그의 팔은 확실히 무사했다. 아무런 피해를 입지 않았다.

그러나 그것은 장호도 마찬가지였다.

장호의 손 역시 멀쩡했다.

하지만 힘이 달랐다. 황공의 힘보다 장호의 힘이 거의 두

배는 더 강력했다.

그뿐이 아니었다.

장호의 속도가 더 빨랐다.

쾅! 쾅!

황공이 뒤로 물러선 순간 장호가 품으로 파고들면서 두 번의 권격을 가했다.

그것은 기교가 없는 공격이었지만 너무나도 빨랐기에 황공은 피하지 못했다.

아니, 애초에 그는 철혈황룡금기공을 수련한 이후로 피하는 행동 자체를 해본 적이 없었다.

주르륵!

두 번의 공격에 그의 신형이 뒤로 밀려났다.

피해는 입지 않았지만, 그의 표정이 흉신악살처럼 일그러졌다.

"이놈이 감히!"

그가 두 팔을 번쩍 들었다. 그러자 그의 몸에서 일어난 금광이 강렬해지더니 유형화된 강기로 변하는 것이 아닌가?

콰아아아아아!

그것은 순간 어마어마한 속도로 회전하기 시작했다.

철혈황룡금기공의 최후 절초인 노룡질주가 펼쳐진 것이다.

철혈황룡금기공은 외공이지만 그 진수는 내가진기에 있었다.

이 진기가 몸 자체를 강화해 주고, 경지에 이르면 몸에 강기로 이루어진 수천 개의 칼날을 만들 수 있었다.

그것을 회전시켜 몸을 날려 충돌하면 무엇이든지 가루가 되고 말았다.

이는 단순해 보이지만 어마어마한 위력을 가져서 일반적인 강기를 몇 배나 상회하는 공격력을 가지고 있었다.

장호는 그걸 보는 순간 알 수 있었다.

그러나 그는 피하지 않았다.

대신 선천의선강기를 극성으로 끌어올렸다.

화아아악!

선천의선강기는 선천진기에 가까운 힘. 때문에 육체를 강화하고 보조하는 것에는 천하에 따를 것이 없는 진기다.

그 순수한 진기가 마혈신외공에 의해서 단련된 육신에 부여되자 그의 몸은 금강불괴를 넘어선 그 무엇으로 진화하기 시작했다.

그리고 순간,

둘이 격돌했다.

콰르르릉!

어마어마한 폭발이 만들어졌다.

두 명의 절대고수가 내뿜는 가공할 진기가 충돌하고, 그 여파로 사방이 뒤집어졌다.

그리고 그 강력한 폭발의 중심에서 장호는 웃고 있었다.

파짓, 파짓.

그는 아주 느려진 세계 속에 있었다.

그 스스로도 이 정도로 선천의선강기를 사용한 적이 없기에 몰랐던 일이 벌어진 것이다.

시각이 강화된다.

청각이 강화된다.

촉각이 강화된다.

미각이 강화된다.

후각이 강화된다.

온몸의 세포 하나하나가 깨어나고, 그와 동시에 그의 뇌도 어마어마하게 가속했다.

그는 타인과는 전혀 다른 시간대에 놓이게 된 것이다.

단지 육신이 인간을 초월하는 강인함을 가지는 정도가 아니었다.

이건 진정으로 인간이라고 하는 생명체 자체를 초월하는 힘.

이것이 혹시 진정한 생육신으로 가는 길일까?

찰나에 불과한 순간임에도 장호는 수십 가지 생각을 할

수 있었다.

그리고 느려진 시야 속에서 자신의 몸에 부딪쳐 오는 상대의 강기 칼날을 보았다.

그런가?

그렇게 회전하는 거로군.

장호는 기감으로, 시각으로, 청각으로, 촉각으로 강기에 대해서 파악했다.

그 많은 정보는 순식간에 장호의 생각에 스며들고 그는 육감과도 같은 형태로 결론을 얻었다.

그래, 너는 강해.

하지만 그 정도로는 내 육신을 가르지 못한다.

장호의 손이 상대를 향해 뻗어 나갔다.

황공의 어깨가 달려온다.

주먹과 어깨가 충돌한 순간,

황공의 강기가 장호의 손과 충돌하였다.

카, 카, 카.

강기의 칼날. 고속으로 회전하는 그것의 위력은 분명 어마어마할 터이다.

그러나 장호의 손은 그 칼날을 무시하고 단번에 황공의 어깨를 부수어 버렸다.

콰쾅!

그리고 뒤이은 폭발.

그 폭발이 끝났을 때 황공은 어깨가 부서진 채로 뒤로 튕겨 나가 건물 안쪽으로 기어들어 가서 처박혔다.

"후우!"

장호는 서서 호흡을 골랐다.

증명 완료.

어지간한 강기로는 이제 자신을 해할 수 없었다.

*   *   *

"귀하는 누구요?"

이면개는 무표정한 얼굴로 장호에게 물었다.

그 물음에는 여러 가지 의미가 함축되어 있었다.

장호가 목소리를 변조하지 않았기에 그는 충분히 장호의 정체를 확신하고 있었다.

그것도 모를 정도라면 개방의 분타주가 되지도 못했을 것이다.

그런 이면개가 정체를 묻는다는 것은 여러 의미가 담길 수밖에 없었다.

장호도 강호에서 구르고 구른 노강호.

그는 이면개의 질문의 뜻을 단번에 알아챘다.

왜 지금 개입했느냐?

그걸 묻는 것이다.

장호. 의선문의 문주.

그는 왜 여기에 있는가?

개방의 행사에 끼어든 이유는 무엇인가?

이 모든 상황이 의선문의 작품이냐?

우리 개방을 이용한 것인가?

그런 것을 묻는 것이다.

"정체를 밝히고자 했으면 복면을 하지도 않았을 거요."

장호는 적당히 대꾸했다.

그 말에 이면개는 아무런 말을 하지 않았다. 다만 그의 두
눈동자만이 서로 다른 방향으로 움직일 뿐.

무표정하게 서서 두 눈동자만이 서로 다른 방향으로 움직
이는 그 모습은 기괴하기가 짝이 없었다.

"그러면… 인연이 있다면 다시 뵙겠소."

장호는 그리 말하고서 훌쩍 몸을 날렸다. 그리 훌륭한 경
공은 아니었지만, 장호의 내력이 워낙 강대하여 그는 순식
간에 사라지고 말았다.

第七章

뒷수습

일을 벌이면 수습해야 한다.
그렇지 않는다면 난장판을 겪게 되리라.

흔한 이야기

"미안, 놓치고 말았어."

어둠 속에서 불쑥 복면의 여인이 나타나 말했다. 그녀의 말에 역시 복면을 하고 있는 사내가 짧게 대답했다.

"소문대로 빠른가 보네."

"소문?"

"통이비마. 다른 별호로는 섬전퇴패라고 하지."

"쳇, 어쩐지 재빠르더라니."

"흠, 나중에 또 보게 될 거야."

장호는 전대의 거마들이 다수 황밀교에 포섭되어 있다는

것을 알고 있었다. 그리고 그런 전대 거마들은 대부분이 세뇌당했다는 것도 알고 있었다.

전생하기 전에 그런 이들과 몇 번 부딪쳤기 때문이다. 그리고 그때마다 선검문의 전인이 앞에 섰다.

장호는 어디까지나 의원. 무공을 사용하지만 전투 인력은 아니었다.

그러나 지금에 와서는 누구보다도 강해졌으니 확실히 세상은 살고 봐야 할 일이라고 생각했다.

애초에 과거에 떨어진 것 자체가 기사가 아니고 뭐겠는가?

"그나저나 뒤처리는 한 거야?"

여이빙이 복면을 벗으며 묻는다.

그녀의 아름다운 얼굴이 드러나자 달빛을 받아 은은하게 피부가 반짝이는 것 같았다.

"대충은."

"뭐야? 허술하게 일을 처리한 것은 아니겠지?"

"허술하지는 않아. 어차피 내일 개방에서 연락 올 거야."

실제로 그럴 거다.

장호가 아는 이면개라면 내일 반드시 온다.

"그나저나 오늘은 정말 고마웠어."

"쳇, 결국 놓쳤는걸, 뭐."

"아니야. 네가 없었다면 쉽게 그들을 처리하지 못했을 거야."

개방이 황공을 묶어두고 있더라도 장호가 독수혈살과 통이비마를 동시에 상대했다면 꽤나 시간이 걸렸을 터이다.

그건 장호가 바라는 바가 아니었다.

결과적으로 그녀의 도움이 있었기에 두 명을 죽이고 한 명은 도주시킨 것이 아닌가?

게다가 도주했다고 해도 어차피 문제는 없다.

그의 긴 귀는 확실히 눈에 띄기 때문에 그는 도망갈 수 없을 테니까.

이 산서성에서 장호의 손을 빠져나가는 것은 불가능했다.

"껄끄럽단 말이야. 찜찜하다구."

"뭘 이 정도 가지고. 그나저나 어쩔 거야?"

"뭘?"

"여전히 기루 운영할 거야?"

"그럴 거야. 딱히 하고 싶은 것도 할 것도 없으니까."

실제로 그랬다.

여이빙은 어떤 야망 같은 게 있는 여인이 아니었다. 이 험난한 강호를 살기 위해서는 강해져야겠다고 생각할 뿐.

실제로 그녀는 화경에 오른 이후로는 무공 수련도 설렁설렁 하는 편이었다.

"그런가? 도움이 필요하면 언제든지 말해. 그럼 다음에
또 보자고."

장호는 그리 말하고서 손을 흔들며 저 멀리 사라져 갔다.

그런 장호의 모습을 보면서 여이빙은 피식 웃었다.

"그래. 담에 또 봐. 후훗."

그녀 역시 어둠 속으로 사라져 갔다.

*   *   *

"수고하셨습니다."

"별일은 아니었어."

의선문의 본진.

장호가 자신의 방에 도착하자 그 안에는 누군가가 장호를
기다리고 있었다.

어쩐지 얇은 옷 하나만 입고서 고혹적인 자태로 앉아 있
는 임진연이었다.

우윳빛이 도는 피부에 연지를 바른 듯 붉은 입술이 대조
적인 미인.

무공의 화후가 높아지면서 그는 더욱 여성스러운 모습으
로 변모하고 있었다.

그러나 과거와 같이 여성의 음기를 흡수할 필요는 없었다.

장호가 무공을 개선해 준 탓이다.

도리어 과거보다 더 순수한 기운을 쌓아간다고 할까?

그렇기에 더더욱 남성과는 거리가 먼 외모가 되는 것인지도 몰랐다.

"개방에서는 어떤 반응을 보이고 있었습니까?"

"약간의 적대감이지."

"예상대로군요."

"맞아, 예상대로야."

의선문은 개방을 이용했다.

그들로 하여금 황밀교의 마인들을 찾아내고, 싸우게 만든 것이다.

하지만 이는 의선문도의 희생을 내지 않으려는 계책은 아니었다.

개방에게 황밀교에 대한 단서를 주기 위해서 계획한 것이다.

"그들도 이제 어느 정도는 알게 되겠지."

"예, 개방이니까요."

"자, 그러면 다음 계획은 뭐지?"

"간단합니다. 저희 의선문이……."

임진연이 매혹적으로 미소를 짓는다.

"사파 척결의 기치를 내걸고 산서성의 사파들을 모두 쓸어버리는 거지요."

그 미소와 다르게 그 말에는 치명적인 위험이 내포되어
있었다.

*　　　*　　　*

산서성에서 태어나 산서성에서 자라난 이강은 본래 오 형
제의 셋째였다.

그가 자라면서 막내와 장남이 죽어 삼 형제가 된 것은 어
찌 보면 의선문주와 비슷했다.

그러나 그는 의선문주처럼 대단한 사람은 아니었다.

그는 그렇게 자라서 그의 가족이 그러했듯이 소작농이 되
었다.

여느 소작농들이 다 그렇듯이 그도 먹고사는 것이 언제나
문제였다.

다만 운이 좋았던 부분은 그나 그의 가족이 큰 병을 앓은
적이 없다는 점이다.

이 시대의 소작농들은 병을 앓으면 죽는 게 보통이었다.

어릴 적에 잃은 두 형제도 그렇게 죽었다.

이강은 이후 장성해서는 자신만의 가족을 꾸리게 되었다.

자신과 처지가 비슷한 소작농의 여인과 결혼하고, 아이를

낳고, 그렇게 살고 있다.

먹고살기가 팍팍 해도 이를 악물고 살았다.

그는 아이를 셋을 낳았는데 그중 둘을 잃고 말았다.

그런 시대였다.

누구나 아이를 잃었다.

가진 것이 없어서, 그리고 환경이 열악해서.

그런 이강의 마지막 남은 아들조차도 죽을 위기에 처했을 때,

의선문이 나타났다.

그리고 그의 가족은 구함을 받았다.

단지 치료만 해준 것이 아니었다. 의선문은 더 나은 농지를 주었고, 더 나은 환경을 주었다.

일을 하는 것은 비슷했지만 예전에 비해서 손에 남는 재물이 더 넉넉해졌다.

일 년에 고기 한 번 먹기 어렵던 과거와 다르게 지금은 일주일에 한 번 정도는 고기를 먹을 수 있게 되었다.

얼마나 큰 차이인가?

때문에 이강은 의선문을 우러러보았다. 거의 숭상한다고 보아도 과언이 아니었다.

또한 그는 의선문이 하는 일이라면 적극적으로 돕고자 했다.

그럼으로써 스스로의 마음에 어떤 만족감을 얻어갔다.

"저게 뭐하는 짓이래."

그런 그는 언제나처럼 자신의 농지를 돌보다가 근처의 숲으로 가서 나무를 하고 있었다.

농가 대부분은 근처에 숲이 있다.

때문에 땔감은 그들 스스로 마련해서 사용하는 것이 보통이었다.

그는 언제나처럼 나무을 하러 갔다가 숲 한쪽에서 기이한 자세로 앉은 노인을 발견했다.

저게 말로만 듣던 무림인인가?

이강은 평생 자신의 마을 근처밖에는 가보지 못했다. 가끔 칼을 찬 강호인들은 본 적이 있으나 그들이 어떤지는 직접 겪어본 적이 없다.

그러나 들은 건 있었다.

강호인 중에는 흉포한 이들이 많아서 가까이 다가갔다가는 목을 날린다는 이야기다. 의선문은 그러지 않았지만 그런 자들이 아주 많았다.

이강은 슬그머니 도끼를 집어넣고 집으로 돌아왔다.

그러고는 그대로 의선문의 이 지역 토지 관리인 집으로 향했다.

탕! 탕! 탕!

"아, 이 야밤에 누구여?"

토지 관리인은 사실 이강의 친구다. 어릴 적부터 돈을 벌겠다고 먹물을 먹어가며 글을 배운 진수라는 자다.

그나마 글을 배운 가락으로 토지 관리인으로 임명되었는데, 그런 그를 보호하고자 다섯 명의 의선문도가 그의 집에서 같이 기거하였다.

토지 관리인의 집은 정확히는 진수의 것이 아니다.

의선문에서 지어준 것이다.

그러나 그런 집에 일 때문에 산다고는 해도 다들 부러워하였다.

비록 크지는 않지만 번듯하고 깨끗한 집이기 때문이다.

진수가 문을 열고 나온다. 그런 진수의 옆에는 호위무사도 한 명이 서 있었다.

"이가 아니냐? 무슨 일인데 이 야밤에 지랄이야?"

"이놈아, 내가 심상치 않은 걸 봤단 말이여. 일단 들어가자."

"응? 뭔데 그래?"

진수는 이강을 안으로 들였다. 그러고는 조그마한 거실에 앉아 직접 차를 따라주었다.

싸구려 엽차지만 그래도 맹물보다는 나았다. 중원의 물 중에서 그냥 먹어서 맛을 느낄 수 있는 물은 별로 없기 때문이다.

"뭔데 이렇게 난리여, 시방?"

"밭 옆에 숲 있잖냐."

"그렇지."

"거기 강호인이 있더라. 노인인데 귀가 길어."

"귀가 길다고?"

"그래, 귀가 길더라고. 그 예전에 귀가 긴 강호인 찾는다고 하지 않았냐?"

이강의 말에 진수보다도 옆의 호위무사가 반응을 보였다.

"정말이오? 귀가 긴 노인이었소?"

"참말이오. 내 이 두 눈으로 똑똑히 봤당께. 그… 뭐더라… 운… 운……."

"운기조식."

"맞아. 그걸 하고 앉아 있더라니까."

"흐음."

호위무사의 안색이 차갑게 변했다.

선외문도인 그는 토지 관리인을 보호하는 호위조의 조장이었다.

"좋은 정보를 알려주어서 감사하오. 진 관리, 이분은 이번 년도 세작료를 거두지 마시오."

"참말이오?"

"그렇소. 그리고 본인은 잠시 외유를 다녀와야겠소."

산서성 전체에 뻗어 있는 의선문의 감시망에 결국 통이비마는 걸리고 말았다.

*　　*　　*

통이비마.

그는 제법 적지 않은 내상을 입었다.

마공의 특성상 내상을 입으면 치료하는 데 꽤나 시간이 걸린다.

도망을 치기는 하였으나 지금 그의 힘은 본래의 약 절반 정도밖에는 되지 않았다.

이 정도만 되어도 초절정고수 한 명 정도는 처리할 자신이 있었으나, 두 명까지는 무리였다.

정상적이라면 초절정고수가 열이라 하여도 두렵지 않았을 터이나 지금은 상당히 위험한 상태였다.

그나마 황밀교의 비밀 접지를 여기저기 남겨두었으니 황밀교에서 사람이 올 터.

그동안 상처를 치료하고서 기다리는 게 그가 할 일이었다.

"제길, 어린놈에게 당하고 말다니."

그는 인상을 찌푸리면서 몸을 일으켰다.

급하게 도주하느라 금전조차 챙기지 못해 그는 산짐승을 잡아먹을 수밖에 없었다.

애초에 마인은 성정이 흉악한 것이 보통이니 그는 스스로의 이런 모습에 분노가 치밀어 오를 수밖에 없었다.

그때다.

슥.

"고생하셨습니다."

검은 복면에 검은 무복을 입은 사내 하나가 나타났다.

통이비마는 그런 검은 무복을 입은 이를 보고는 인상을 폈다.

"후퇴로는 준비가 되었느냐?"

"본전에서 현재 준비 중입니다. 우선은 이동하시지요."

"좋다. 장호에 대한 정보가 전혀 다르던데, 은밀전에서는 뭐라고 하더냐?"

"소인은 봉공님을 모셔오라는 명만을 받았습니다."

"그래? 좋다. 내 이 일은 은밀전주에게 직접 따지겠다."

통이비마가 몸을 일으켰다. 그리고 이동을 시작했다.

하지만 그들은 몰랐다. 그들을 지켜보는 이들이 있다는 것을.

무수히 많은 눈이 그들을 지켜보고 있었다.

통이비마는 황밀교 밀정들의 도움을 받아 정양을 취하였다. 그리고 황밀교의 무리는 천천히 산서성을 빠져나가려고 시도했다.

통이비마는 본래 힘의 팔 할까지 되찾았고, 적어도 네 명의 초절정고수를 감당할 수준은 되었다.

그리고 황밀교에서 지원 나온 이들이 열이나 붙었다.

그들은 평범한 교역 상인처럼 꾸려서 길을 떠났다.

그러던 어느 날,

"싸울 준비를 해라."

통이비마의 귀가 미세하게 움직였다.

그의 별호이기도 한 통이는 그의 청각이 몹시 예민하기 때문에 붙은 것이다.

그는 기감보다도 더 넓은 범위의 소리를 들을 수 있었다.

그는 적의 기척을 들었다.

*　　　*　　　*

"자, 시작하자고."

장호는 언덕 위에서 저 멀리 보이는 통이비마 풍산호를 바라보고 있었다.

그의 옆에서 임진연이 고개를 끄덕이며 품에서 깃발 두

개를 꺼내어 흔들었다.

의선문.

장호는 의선문의 문도로 화경의 절대고수를 상대하고자 많은 노력을 기울였다.

절대고수는 같은 절대고수가 아니면 상대하기 불가능하다는 것이 이 세상의 정설이다.

만약 절대고수가 없는 상황에서 제압하려면 적어도 초절정고수 열 명은 있어야 한다는 것도 세상의 상식이다.

그러나 장호는 절정고수만으로도 화경의 절대고수를 상대할 수 있다고 생각했다.

실제로 의선문은 현재 절정에 달한 이가 백에 도달한 상황이다.

물론 이는 의선문도 전원에게 꾸준히 준영약을 공급하여 내공을 급격히 늘리고 여러 약물을 사용해 그들 전원이 금강철신공을 익히게 만든 탓이긴 하다.

그러나 백여 명에 달하는 절정고수라는 건 확실히 무시할 수 없는 수치다.

게다가 전원이 외공을 익힌 데다 이들 전원 모두 군문의 진법과 병법을 수련했다.

그뿐인가?

이들은 갑옷을 입었고 방패까지 들었다.

무공을 익힌 군대!

그게 바로 의선문 선외단과 보의단의 정체이다.

현재는 절정고수 육십 명에 일류에 접어든 오백여 명이 도착해 있다.

이 정도면 중소 문파는 그냥 쓸어버리는 전력이다.

그러나 이들이 과연 도망가려고 하는 화경의 절대고수를 막을 수 있을 것인가?

오늘의 접전은 그걸 실험하고자 한 것이다.

심오한 무리(武理)가 아니라면 화경은 결국 이렇게 표현할 수 있다.

더 빠르고 더 강하다.

강기는 그 무엇으로도 막을 수 없는 파괴의 힘이다.

그뿐인가? 강대한 내력 때문에 더 빠르고 더 강하게 움직인다.

그렇다면 이런 절대고수를 이기려면 어떻게 해야 할까?

강기를 막는 것이다.

그리고 그 빠름을 수로써 제압하는 것이다.

그러면 된다.

그래서 지금 모인 보의단원 육십 명과 선외단원 오백은 모두가 특별한 기물로 그들 스스로를 무장했다.

현철 방패!

철보다도 가격이 다섯 배나 비싼 현철로 만든 방패를 들었다.

현철에 기를 불어 넣으면 아무리 강기라고 해도 단번에 파괴할 수 없었다.

파괴한다 해도 이런 방패를 들었다면 단번에 생명을 잃지는 않는다.

방패의 크기는 길이가 반 장이나 되는 것으로써 사람의 상체 정도는 가볍게 가릴 수 있을 정도로 길고 넓었다.

이들이 힘을 합쳐 강기를 막아낼 것이다.

게다가 이들은 전원이 창술과 궁술을 익혔다.

멀리서는 활을 쏠 것이고, 가까이에서는 창을 던지거나 찌를 것이다.

아무리 화경의 절대고수가 대단해도 내공을 잃다 보면 결국 죽게 된다.

문제는 화경의 절대고수를 한 명 죽이기 위해서 얼마의 희생을 감수해야 하느냐이다.

장호는 그래서 이번에는 나서지 않을 생각이다.

피해를 줄이는 것도 중요하지만 휘하 수하들의 실력도 알아야 하니까.

펄럭펄럭.

임진연이 신호를 보냈다.

그러자 통이비마를 잡기 위해서 집결한 이들이 사방으로 움직이기 시작했다.

척. 척. 척. 척. 척. 척.

세 방향에서 방패를 든 채로 진군해 간 그들은 통이비마의 일행을 멀리서부터 천천히 둘러싸고 있었다.

그리고 그 선두에는 초절정고수로 도약한 세 사람이 서 있었다.

보의단주 칠검도인, 혈랑도 해천수, 비검랑 조수연.

모두 장호의 도움으로 초절정의 경지에 올라선 이들이다.

이들이 가장 선두에서 본인의 성명 병기 들고 있다.

장호가 지켜보는 가운데 의선문의 무인들이 점점 통이비마에 가까워져 갔다.

어느 순간 통이비마가 마차에서 뛰어올랐다.

파파파팟!

단번에 오 장을 뛰어오른다.

물 만난 고기처럼 그는 허공에서 몸을 흔들더니 한 방향을 향해 빠르게 쏘아져 나갔다.

그것은 혈랑도 해천수가 있는 방향이었다.

그 모습을 보자마자 칠검도인과 조수연이 이끄는 이들이 빠르게 움직였다.

통이비마의 쌍장이 해천수를 향해 떨어졌다.

그러나 그의 공격은 양옆에서 끼어든 네 사람의 방패에 막혀 무산되고 말았다.

콰앙!

방패가 단번에 찌그러지고 방패를 든 이들도 뒤로 주르륵 밀렸으나 부상을 입지는 않았다.

통이비마가 땅에 내려서고 방패를 든 이들이 좌우로 갈라지자 해천수가 해남파의 검법을 도법으로 바꾼 무공으로 덤벼들었다.

파도가 사납게 내려쳐는 듯한 도법은 무서웠지만, 통이비마는 코웃음을 치고는 그 공격을 막거나 피해내며 반격해 왔다.

그러나 그의 공격은 번번이 방패를 든 이들에 의해 막혔다.

그뿐이 아니었다.

어느샌가 방패를 든 절정고수들이 적당한 거리를 벌리고 서서 포위하며 원진을 만드는 것이 아닌가?

그러나 통이비마는 별로 걱정하는 기색이 아니었다.

다만 재빠르게 움직여 절정고수 중 일부를 죽이려고 시도할 뿐이었다.

쾅!

통이비마의 장력이 방패를 두드렸다. 그러나 방패를 든

무인들은 조금 뒤로 물러섰을 뿐이다.

방패가 우그러졌지만 단지 그뿐.

장력 수준으로는 방패를 부술 수 없는 상태였다.

"이놈들이……!"

통이비마의 얼굴이 붉어졌다. 그의 손에서 강기가 생겨났다.

콰아!

강기가 방패를 든 무인들을 향했다.

그러나 그 순간 방패를 든 이들이 방패를 몇 겹으로 합하면서 그 강기를 막아내는 것이 아닌가?

콰쾅!

방패 몇 개가 박살이 났다.

하지만 효과가 없었다. 방패는 크고 두꺼웠으며 서로가 서로를 보조하며 보호하였다.

그뿐이 아니었다.

"쳐라!"

쐐에엑!

수십 개의 단창을 통이비마를 향해 던졌다.

그리고 근접한 이들은 방패를 들어 통이비마를 찌르고 있었다.

그것은 통이비마에게 피해를 입히지는 못했지만 그의 행

동을 제약하는 효과가 있었고, 진형은 단단하게 제대로 유
지되었다.

"이, 이놈들이 감히!"

통이비마는 분통을 터뜨렸다.

그러나 그가 할 수 있는 일은 없었다.

이미 그의 수하들은 보의단의 창에 찔려 죽임을 당했고
여기에는 오롯이 그밖에 없었다.

그가 할 수 있는 일은 오직 도주뿐.

화경의 절대고수가 되어서 할 수 있는 건 겨우 그것뿐이
었다.

그러나 그 기회조차도 그가 분노를 토하면서 머뭇거린 순
간 이미 늦어버렸다.

촤아악!

촤아악!

단창을 던진 이들이 허리춤에서 무언가를 꺼내어 빙글빙
글 돌리고 있다. 그것은 추가 달린 쇠사슬로 그것을 사방에
서 던진 것이다.

그 수가 수백에 달하니 아무리 경공의 고수라고 해도 피
하기가 난망한 수준에 이르렀다.

촤르르륵!

"큭!"

통이비마의 몸 여기저기에 추가 달린 쇠사슬이 휘감겨 왔다.

단단하고 튼튼한 쇠사슬과 연결된 이들이 사방에서 쇠사슬을 잡아당긴다.

통이비마의 움직임이 완전히 멈추었다.

푹! 푹! 푹!

그리고 그런 그의 몸으로 세 명의 초절정고수가 그대로 다가와 무기를 찔렀다.

"이런… 말도…….."

그것이 그의 최후의 유언이었다. 수십 년 동안 강호를 두려움에 떨게 만들었던 거마의 삶이 여기에서 이렇게 허무하게 끝나 버렸다.

그리고 그것을 멀리서 지켜보고 있던 장호는 이렇게 이야기했다.

"증명 종료. 좋아, 이제 사냥을 시작해 보자고."

第八章

좋지 않은 소식

세상에는 좋은 일보다
안 좋은 일이 더 많다.

비관주의자

의선문이 산서성에서 이런저런 일을 벌이고 있을 때,
세상은 혼란으로 치닫고 있었다.

부정부패가 만연하고 나라 전체가 어지러웠다.

그런 상황에서 일어난 대규모의 전염병은 나라 전체를 혼
란에 빠뜨렸다.

그 결과 민란이 일어났다.

대규모는 아니지만 백성들이 봉기하고 나선 것이다.

백성들은 부패한 관리들을 때려죽이고 관가의 창고를 약
탈했다. 또한 부호들의 집을 습격하여 그들을 죽이고 재산

을 약탈했다.

그 수는 순식간에 불어났는데, 그 수가 워낙 많아서 강호 문파조차도 끼어들지 못할 정도였다.

광동성, 강서성, 복건성.

이 세 개의 지역에서 일어난 대규모 민란은 즉시 황궁에도 알려졌다.

당연하게도 황궁으로서는 난리가 날 수밖에 없었다.

북쪽에는 오랜 숙적이라고 할 수 있는 원제국의 잔당이 남아 있고, 현재는 여진족 역시 상황이 심상치가 않았다.

누르하치라고 하는 부족장이 등장해서 여진족 전체를 통합한 상황이었기 때문이다.

그런 급박한 상황에 내부는 곪을 대로 곪아서 썩어 있다.

때문에 세 개 지역에서 대규모 민란이 일어난 것이다.

그리고 이는 장호의 기억상 시기적으로 너무 빨랐다.

황밀교의 난이 일어날 때 민란 역시 같이 일어났다.

그런데 지금은 민란이 먼저 일어난 것이다.

게다가 애초에 이런 대규모 전염병도 존재한 적이 없다.

이는 장호의 행동이 미래를 틀었음을 뜻했다.

특히 가장 큰 것은 바로 광동, 강서, 복건 세 지역에서 대규모 민란이 일어난 것이다.

이는 국가가 민중을 통제하지 못하는 수준에 도달했다는

것이나 다를 게 없지 않은가?

산서성은 문제가 없다. 이미 대부분의 사람들이 의선문의 지배를 받고 있으니까.

하지만 다른 곳은 어떨까?

때문에 지금 중원은 몹시 뒤숭숭해 있었다.

대규모 민란.

앞으로 이 불씨가 어떻게 번질지는 아무도 모르기 때문이다.

그러는 동안 의선문은 산서성 내부를 정리하고 있었다.

사파, 흑도.

이들 모두를 쓸어버리기 시작한 것이다.

*   *   *

퍼어억!

"크으윽!"

제법 덩치가 좋은 사내가 인상을 구기면서 전면을 노려보고 있다.

여기저기에 이미 시체가 널려 있었는데, 그것은 전부 이 덩치의 부하들이었다.

대작파.

산서성의 중소 규모의 도시인 위한에 자리 잡은 흑도 사파 중의 하나로서, 그 두목인 이 덩치는 괴력거도라는 별호로 그럭저럭 유명한 작자였다.

이 괴력거도 진도인이라는 자는 성정이 본래 포악하여 과거부터 지금까지 꽤나 많은 악행을 저질러 왔다.

최근에는 의선문이 발호하여 세력을 확장하자 과거보다는 악행의 수를 줄이고 은인자중하면서 그간 번 돈을 까먹고 있었다.

그러나 그것도 슬슬 한계에 도달했다.

그는 오랜만에 여염집 처자를 강간하는 악행을 저질렀고, 언제나 그랬듯이 관가에 뇌물을 주어 일을 무마하려고 했다.

그러나 그 결과가 지금 이 꼴이다.

대작파의 문도 삼십 명 중 살아남은 이는 이제 두목인 그 혼자뿐인 것이다.

"네, 네놈들, 어디서 온 놈들이냐?"

새파랗게 질린 얼굴로 부들거리며 말하는 진도인.

그런 그의 앞에는 제법 노련한 강호인처럼 보이는 중년 사내 삼십여 명이 서 있었다. 그들은 모두 방패와 단창을 들고 있어서 사실 강호인이라기보다는 관군처럼 보였다.

어느 정도 식견이 있는 자들이라면 이들의 모습을 보고

알아차렸을 것이다.

의선문!

"괴력거도 진도인 맞나?"

"누구야? 누가 나를……."

"맞군."

중년인은 그리 말하고는 품에서 두루마리를 꺼내어 펼쳤다.

"진소아 강간 후 살해. 이화 강간 후 살해. 소화 강간 후 살해. 신이연 강간 후 살해. 노……."

중년인은 진도인이 행한 악행에 대해 주욱 늘어놓았다.

"이상 여러 악행에 대한 증거가 확보되었으니 탄원에 의거하여 강호 정의를 위하여 우리 의선문은 너를 처단한다."

탁.

두루마리를 다시 감아 품 안에 넣고서 중년인은 옆에 내려놓았던 창과 방패를 들었다.

괴력거도의 안색이 검게 죽었다.

의선문!

그것들이 나선 것인가?

"씨부럴! 네놈들이 무슨 권리로 그러는 거냐!"

"강자존."

중년인은 그리 말하고서 천천히 다가섰다. 진도인은 자신의 애병인 거도를 움켜쥐었다.

"씨발 새끼가!"

부우우웅!

그의 근육이 부풀어 오르고 내력이 실린 거도가 허공을 갈랐다.

그러나 중년인은 전혀 당황하지 않았다.

그는 방패를 비스듬히 들고 그 대도를 그대로 받아냈다.

카가각!

방패를 비스듬히 들고 있어 대도는 방패를 직격하지 못하고 미끄러졌다.

그 때문에 진도인의 몸이 크게 흔들렸고, 그사이에 중년인은 반대쪽 손의 창을 내밀었다.

푹.

아주 간단하게 창이 늑골을 뚫고 들어가 버렸다.

진도인의 눈이 크게 뜨였다.

경악과 불신으로 가득 찬 눈동자를 보며 중년인이 말했다.

"지옥에서 반성하도록."

대작파의 두목인 진도인은 그렇게 죽임을 당했다.

그리고 중년인은 뒤를 돌아보았다.

"이권 회수를 시작하도록."

"예!"

그것은 산서성 여기저기에서 벌어지는 일 중 하나였다.

*　　　　*　　　　*

"무림맹의 회합이 얼마 안 남았군."

장호는 손에 들린 서신을 내려다보았다.

서신에는 무림맹의 새로운 맹주를 추대하기 위한 회합에 관한 초대 내용이 담겨 있었다.

사실 그럴 만도 했다. 의선문은 강호에서 이제 가장 강성한 세력 중 하나로 평가 받는다. 절대고수의 수는 적지만 집단전에서는 누구도 의선문을 무시할 수 없었다.

그리고 실제로 의선문은 화경에 이른 이를 잡았다.

비록 적절한 지형에서 몰이 하듯이 잡긴 했지만, 사실 절대고수는 그렇게 별 피해 없이 잡을 수 있는 존재가 아니었다.

초절정의 고수가 세 명이 있다고는 하지만 아무도 죽지 않을 수 있다니?

그건 불가능한 일이었다.

그런데 그걸 의선문은 해냈다. 그리고 그 사실을 개방이 알고 있다.

개방이 알고 있다면 황밀교도 곧 알게 될 것이다.

"어떻게 하시렵니까?"

"뭘 어째? 가봐야지. 화산파와 손을 잡기로 했으니 그쪽을 밀어줘야지."

"그렇군요."

"돈 버는 건 어떻게 되었어?"

"순조롭습니다. 지주들을 압박해 돈을 토해내게 만들고 있죠. 그리고 사마 척결을 기치로 내세워 사파를 모두 쓸어버리고 있는 중입니다."

"돈도 챙기고?"

"그럼요."

임진연은 빙그레 미소를 지으며 대꾸했다.

"지금 산서성 내의 사파를 전부 쓸어버리면 그것만으로도 수익이 크게 증가하는걸요. 저희는 아마 금마전장에 비견될 자금력을 가지게 될지도 모릅니다."

"그러냐? 참, 말이 나와서 묻는 건데, 금마장은 어때?"

"금마장은 광동, 산서, 복건의 사업체들을 미리 철수시켰다고 하더군요. 덕분에 큰 피해를 안 봤다나?"

"정보가 빠른데?"

"금마장이니까요."

금마장.

강호 제일의 재력을 가진 세력.

강호의 세력이라고 보기에는 너무나도 이질적인 가문.

본래 강호 제일의 거부는 석가장이었다.

머나먼 과거 대부호 석숭의 후예들이 바로 석가장의 사람들인데, 약 오십여 년 전 등장한 금마장은 그런 석가장의 부를 뛰어넘었다고 한다.

중원 전역에 금마장의 사업장이 없는 곳이 없을 정도면 말 다한 것이 아니겠는가?

금마전장, 금마표국이 금마장의 주력 사업인데 이걸 기반으로 하여 중원 전역에 여러 가지 사업을 하고 있었다.

염권도 가지고 있는 데다 대규모 교역에도 손을 대고 있는 집단이다.

"그러고 보니 이상하군."

전생하기 전에도 금마장은 황밀교의 난에 휩쓸리지 않았다.

마치 예지 능력이라도 있는 것처럼 그들은 문제가 생기기 전 언제나 빠르게 발을 빼어 재산과 세력을 보존했다.

금마장이 설마 황밀교와 줄이 닿아 있는 건가?

금마장은 돈만 많은 것이 아니었다.

금마장주만 해도 천하십대고수 중의 하나라고 해도 과언이 아닌 무위를 지녔다는 소문이 강호에 파다했다.

그뿐인가?

금마장의 무사들은 대부분 무인이라기보다는 군인처럼 행동했다. 마치 장호의 의선문처럼 말이다.

또한 금마장의 무사들은 대부분이 뛰어났으며 무려 화경에 이른 두 명의 고수가 포진되어 있다고 알려져 있었다.

그들을 흑백금마라고 부르는데, 한 명은 흑의를, 다른 한 명은 백의를 입은 노인이다.

이들은 합공을 사용하는데, 그 위력이 어마어마해서 다른 화경의 절대고수들도 한 수 물러준다고 알려져 있었다.

그런 사실 전부가 금마장이 기괴하고 특별하게 보이도록 만들었지만, 그 소문을 제대로 확인해 본 이는 그리 많지 않았다.

"산서성에도 그들의 사업장이 존재하던가?"

"예. 다만 표국은 없고 금마전장만 있습니다."

"그렇군. 의선문에서도 전장을 만들도록 하지."

"전장이요?"

"금마전장에 금을 맡겨두는 것이 조금 불안하거든."

장호의 말에 임진연은 고개를 끄덕였다.

"알겠습니다."

"그럼 준비를 좀 해줘."

"예. 무림맹에 갈 인원도 정해두겠습니다."

"그렇게 해."

장호는 그렇게 몇 가지 지시를 내렸다. 그의 머릿속에서는 지금 여러 가지 계획이 번갈아 가면서 떠오르고 있었다.

"그리고 반란에 대해서도 알아봐. 그 뒤에 분명 황밀교가 있을 거야."

"이미 지시해 두었습니다. 하지만 저희는 아직 외부에 정보 조직이 없기에 하오문과 개방의 공조를 받기로 했습니다."

"그게 최선이겠지."

장호는 고개를 끄덕였다. 그 이후에도 둘의 논의는 계속되었다.

*   *   *

무림맹의 회합.

새로운 무림맹주를 뽑기 위한 회합이다.

의선문은 아직 무림맹에 가맹하지 않은 문파였다. 그럼에도 의선문에 초대장이 온 것은 당연한 일이었다.

강호는 강자존의 세계이고 의선문은 이미 강자니까.

재력은 다른 문파들이 상대조차 할 수 없는 정도이고, 무력도 무시할 수 없는 곳이 바로 의선문이었다.

그러니 초대장이 오지 않을 수 없었다. 물론 이 초대장은 의선문으로 하여금 무림맹에 가입하라는 권유의 성격도 띠고 있었다.

즉 의선문이 무림맹에 온다면 가맹과 동시에 무림맹주를 뽑는 회합에 참여할 자격을 얻게 된다는 뜻이다.

때문에 장호는 무림맹의 회합에 참석하기 위해서 여행길에 올랐다.

선외단원 삼십여 명과 함께 전원이 말을 타고 출발했다.

물론 장호는 마차를 탔다.

문주이니 나름 위엄을 지키기 위함이다.

그리고 마차 안에는 장호의 두 제자 중 하나인 이연이 함께 앉아 있었다.

아이이던 이연은 이제 멋지게 자라나 여인이 되어 있었다. 또한 그간 꾸준히 무공을 수련하여 비록 스승인 장호만큼은 아니지만 후기지수 중에서는 상위에 들어갈 실력을 갖추고 있기도 했다.

내력은 무려 일 갑자. 그간 여러 약재의 보조를 받았기에 도달한 경지이다. 선천의선강기 일 갑자면 상당한 수준이다.

게다가 그녀는 진기 운용 능력도 뛰어나서 지금은 벌써 초절정의 경지에 들어서 젊은 천재라고 할 만했다.

그런 그녀는 스승인 장호를 빤히 바라보고 있었고, 반대로 스승인 장호는 무공서를 펼쳐 놓고 읽고 있었다.

기묘하다면 기묘한 광경이지만, 장호와 이연은 별로 어색해하지 않았다. 이건 그들에게 보편적인 풍경이었다.

"스승님."

"응? 왜?"

"무공서를 읽으면 도움이 되나요?"

"도움이 되지. 우리가 익힌 선천의선강기는 그 누구보다도 뛰어난 몸을 만들어 주잖니. 어지간한 무공은 다 익힐 수 있으니까. 대성까지는 힘들어도 적어도 팔성 정도는 익힐 수 있고, 나중에 배워두면 다 쓸모가 있어. 수공도 그렇고 벽호공도 그렇지. 그래서 너도 읽어두라고 했잖아. 얼마나 익혔어?"

"무공서를 본 것은 스물두 가지예요."

"그래? 잘 기억해 둬라. 나중에 다 쓸 데가 있어. 연습도 좀 해두고."

"정말 그럴까요?"

"그럼. 혼자 다수를 죽일 때에도 쓸모가 많다고."

장호의 말에 이연은 고개를 끄덕였다. 스승의 말은 옳을 것이다.

"저기… 스승님."

"왜?"

"무림맹에는 사람들이 많나요?"

"많지. 그러고 보니 네 또래의 애들도 좀 있겠다."

강호의 후기지수.

그들은 분명 무림맹에 득실득실했다.

여전히 무공서에서 눈을 떼지 않은 채로 장호는 말을 이었다.

"그쪽에 가면 너도 사람 좀 만나고 다니고 그래라. 우리가 의원이라 그간 바쁘게 지낸 탓도 있지만 그래도 사람은 만나야지."

"아니에요. 별로 관심 없어요."

"사람 많으냐고 물었잖아?"

"강호인들은 어떻게 살아가는지 궁금해서요."

"뭐, 우리처럼 살지는 않지. 너도 그건 기억해 두거라. 우리는 강호에 몸을 담고 있긴 하지만 강호인은 아니야. 의원이란다."

이미 흑사칠문에 속한 두 개의 문파를 멸문시켜 버린 장호가 할 말은 아닌 것 같지만 장호와 이연 모두 그런 것엔 신경 쓰지 않았다.

"그런데 무림맹에는 아는 분이 계신가요?"

"몇 명 있지. 제갈세가 쪽 사람들이 아마 가장 친할 거야.

그리고 화산파도 있고."

그러고 보면 큰형이 무림맹에 올지도 모르겠군.

장호는 속으로 그리 생각했다.

"그런 친분은 필요할까요?"

"필요하다면 필요하고 아니라면 아니지. 왜?"

"저도 친분을 다져야 하는지 궁금해서요."

"네 마음대로 해. 네가 원하지 않으면 안 해도 된다."

장호는 무공서에서 눈을 떼고 이연을 직시했다.

"사람을 사귀는 건 권장할 만하지. 하지만 안 사귄다고 해서 문제될 건 없단다. 사귀는 게 귀찮고 힘들면 안 사귀는 게 낫지."

장호의 눈동자를 보며 이연은 작게 읍을 해 보였다.

스승이 그렇다면 그런 것이다.

"여하튼 그쪽에서 귀찮은 일이 없었으면 좋겠는데 말이다."

장호는 그리 말하고는 다시 무공서로 시선을 돌렸다.

그때였다.

밖에서 호위무사 중 하나가 소리를 질렀다.

"문주님! 부상자가 있습니다!"

第九章

오래된 인연

강자는 홀로 독존한다.
그러나 고독하다.

강호의 격언

"꽤 많이 죽었군."

눈앞에 펼쳐져 있는 것은 꽤나 화려한 참상이었다.

피가 웅덩이가 생길 정도로 고여 있는데 짙은 흑적색을 띠고 있다.

피가 굳으며 나는 비린내가 코를 찌르고, 여기저기에 목불인견의 참상이 널려 있다.

팔이 잘린 자, 내장을 쏟아낸 자, 눈이 파인 자, 목이 잘린 자.

형형색색의 참혹한 모습을 장호는 별다른 느낌 없이 바라보았다. 어차피 시체는 시체일 뿐이다.

그는 이미 이런 시체에 익숙했다.

그런 시체들 사이에 살아 있는 이가 세 명 있었다.

장호의 기감에 걸려든 이들은 살긴 살아 있으나 기식이 엄엄한 것으로 보아 내버려 두면 곧 죽을 것처럼 느껴졌다.

장호는 세 사람에게 다가갔다. 두 명은 여성이고 다른 한 명은 남성이었다.

여성의 경우 한 명은 이제 갓 스물이 되었을까 싶은 어린 이였는데 제법 미색이 곱고 가슴이 컸다.

그리고 다른 여성은 스물 중반으로, 강호 기준으로는 젊 긴 하지만 그래도 제법 강호에서 굴러먹은 티가 났다.

그녀의 손에 굳은살이 제법 두껍게 박여 있었다. 이 두 번째 여성도 상당한 미색이었는데 첫 번째 여성과는 다르게 키가 좀 컸다.

장호는 두 사람의 상처를 지혈하고자 손을 흔들었다. 그 러자 선천의선강기의 기운이 발출되어 그대로 상처 옆 혈관 을 눌렀다.

스스스슥.

기운이 그녀들의 몸 안쪽으로 퍼져 나가는 것이 느껴진 다.

장호는 상처를 즉시 봉합하고 피가 더 이상 흐르지 않게 조치했다.

이어 장호는 남성을 향해 시선을 돌렸는데 이내 놀란 눈이 되어야 했다.

"자네……."

그는 확실히 잘생겼다.

옥기린이라고 할 만큼 미끈한 얼굴을 가졌고, 피부도 남자답지 않게 하얗고 뽀얗다.

키는 제법 컸고 두 눈에는 속눈썹이 길게 자라나 있다.

이쯤 되면 사내가 아닌 계집처럼 보일 법도 하건만, 예쁘장한 모습 속에 남성성이 살아 있어 뭇 여인들을 설레게 만들 그런 외모였다.

그가 오래전 찾고자 하던 친우로 노강환에 대한 소문을 흘려 자신에게 오도록 만들려고 했던 이.

신문호.

그는 바람둥이다. 색마라고까지 불리는 것은 아니지만, 그 행실이 좋은 것은 아니었다.

그런 그가 여기서 이렇게 죽어가고 있을 줄이야.

"쯧쯧, 그래도 여인 두 명과 엮인 것을 보니 자네는 그다지 변한 게 없군."

장호는 혀를 차며 다가갔다.

그는 장호를 위해서 위험을 무릅썼다.

그는 장호를 구해주었으며, 장호를 위해서 스스로 목숨을 버렸다.

그렇다.

전생에 그는 장호를 살리고 죽었다.

그것은 장호가 아직도 기억하고 있는 일이다.

"아는 사람입니까?"

"친구지. 저 처자들은 응급처치를 했으니 들것에 실어 옮기게."

"예, 문주님."

장호는 신문호의 손목을 잡아 들었다.

질척한 피가 그의 몸에 묻어 있다. 흐른 지 제법 되어 굳어버린 핏자국은 더럽고 불결했다.

그런 손목을 잡고 내기를 불어 넣었다.

생명력에 불을 지피고 새로운 활기를 채우는 선천의선강기의 기운이 신문호의 내부로 밀려들어 갔다.

피가 흐르던 것이 멎고 그 얼굴에 혈색이 돌았다. 내부가 망가지며 순환하지 않던 피를 장호의 기운이 강제로 순환하게 만든 것이다.

꼬여 버린 기혈을 풀어내고 파열된 혈관들을 다시 이었다.

장호의 몸에서 반 갑자에 달하는 내공이 빠져나가 신문호의 몸 전신을 맴돌았다.

슥.

손을 놓고서 장호가 일어섰다.

"이쪽도 옮기도록. 여기서 이동하여 진지를 꾸린다."

"존명."

장호는 수하들과 함께 자리를 옮기도록 했다.

*   *   *

비검랑 조수연, 혈랑도 해천수.

이연 외에 이번 무림맹의 회합에 따라온 이들이다. 이 두 사람 모두 초절정의 경지에 진입하였고, 내공은 과거에 비하여 오 할이 증대된 상황이다.

내공을 증진시키는 준영약, 그리고 내공 증진 보조제를 꾸준히 복용한 탓이다.

그뿐인가?

체계적인 무공 수련 덕분에 이들의 실력은 과거와는 천양지차였다.

우선 기본적으로 금강철신공을 익혔기에 어지간한 도검에는 큰 상처를 입지 않는 강인한 육신을 가지고 있었다.

그것만으로도 다른 초절정의 고수에 비하여 우위에 있었

고 다른 이들과 같이 늘 실전에 준하는 대련을 했기 때문에 실제 전투 능력도 뛰어났다.

그런 이 두 명 중 조수연은 장호가 지극정성으로 돌보는 신문호라는 사내에게 관심을 가지고 있었다.

"저 기생오라비 같은 녀석은 누굴까?"

"친구라고 하셨으니 친구겠지."

"친구라……. 문주님은 여러모로 알 수가 없는 분이라니까."

"무엇이 알 수 없다는 거지?"

"비밀이 많다는 거지."

"강호에 비밀 없는 이가 어디 있나?"

조수연의 말에 해천수가 적당히 응대했다.

선외단의 부단주 직책을 가진 이들은 총 여덟 명.

선외단주인 칠검도인을 제외한 이들 여덟 명은 선외팔대주라고 부르고 있었다. 부단주가 하나의 대대를 책임지는 대주인 셈이다.

초절정의 경지라면 확실히 대주의 직급을 얻을 만했다. 왜냐하면 명문대파에서도 장로급은 대부분이 초절정의 경지에 이른 무인이기 때문이다.

장로 중에서도 일부만이 화경에 이르러 있으니 초절정의 고수는 사실 거의 대부분의 문파들이 가진 가장 중요 전력이라고 할 수 있었다.

조수연과 해천수는 초절정고수로, 당당히 선외팔대주에 이름이 올라 있었다.

"그런가?"

"신경 끄도록. 왜? 마음에 드나?"

"그런 건 아니지만……."

조수연은 그렇게 말하고서 희게 웃는다.

*　　　*　　　*

"쯧, 단전이 박살 날 뻔했군. 그러게 늘 여자를 조심하라고 말했건만."

장호 일행은 마차를 세우고 주변에 간단한 방어 목책을 세워 울타리를 만들었다.

이게 별것 아닌 것 같아 보이지만 전원 두툼한 현철 방패를 든 선외단원들에게는 제법 큰 방어 효과를 준다.

게다가 이들 모두 단창을 들었기 때문에 울타리 하나만 생겨도 가까이 다가오는 적들을 손쉽게 사살할 수 있었다.

조수연, 해천수가 사방을 경계하는 가운데 장호는 마차 안에서 신문호의 몸을 내려다보고 있었다.

두 여인은 빈혈과 외상 외에는 크게 문제될 것이 없었으나, 신문호는 단전이 반쯤 깨져 있는 데다가 근육이 여기저기 파열된 상태였다.

그뿐인가?

내장도 일부 손상되어 장호가 아니라면 거의 죽는다고 볼 수 있을 정도로 중한 상처였다.

"이것도 인연인 게지."

장호는 부지런히 손을 놀렸다.

그의 손이 차갑게 식어가는 신문호의 몸 여기저기를 누르고, 찌르고, 비볐다.

진기를 사용한 치료는 본래의 치료보다 더 공이 들어간다.

내력을 사용하여 장호는 신문호의 몸 전체를 다시금 되살리기 시작했다.

선천의선강기가 아니라면 보여줄 수 없는 놀라운 치료 효과에 힘입어 장호가 치료를 시작한 지 한 시진이 지났을 때에는 치명적인 상처는 모두 치료되었다.

그것은 기적이라고 해도 좋을 정도였다.

누군가 이 모습을 보았다면 신의라고 말했을 터이다.

이대로 몸을 보전하면서 두 달 정도만 정양하면 부작용이나 후유증 없이 완치될 것이며, 이는 그 어떤 의원도 해낼 수 없는 일이었다.

하지만 장호도 제법 많은 힘을 소모했다. 삼 갑자에 달하는 선천의선강기를 소모하고 만 것이다.

이는 구 할에 가까운 내력을 전부 사용한 것이니 생사대적과 싸운 때보다도 더 많은 힘을 쓴 것이다.

"후우."

장호는 그렇게 신문호의 치료를 마치고 크게 한숨을 내쉬었다. 그러고는 천천히 눈을 감고 운기조식에 들어갔다.

이제 소모된 내공을 채워야 했기 때문이다.

*　　　*　　　*

장호 일행은 그 자리에서 삼 일간 머물렀다. 장호가 내력을 전부 채우는 데 꼬박 하루가 걸렸으며, 세 사람을 치료하는 데 이틀의 시간을 더 소모한 탓이다.

신문호는 비록 부상에서 회복했지만 아직 정신을 차리지는 못했다. 그러나 얼마 지나지 않아 깨어나리라.

그렇게 정신을 잃은 이들을 마차에 태우고서 장호는 무림맹을 향해서 다시 출발했다.

본래라면 마차에 타야 할 장호지만, 세 명이나 누워 있다 보니 밖으로 나와서 말을 타게 되었다.

하지만 누구도 뭐라고 하지 않았다.

그건 장호의 결정이었기 때문이다.

그렇게 다음 마을에 도착한 의선문 일행은 마차를 하나 새로 사서 그곳에 환자들을 눕게 했다.

그러고 다시금 출발했는데 그런 이들을 멀리서 지켜보는 이들이 있었다.

"제길! 하필 의선문이라니⋯⋯."

"공자님, 이번 일은 너무 위험합니다."

"알아!"

광대뼈가 툭 튀어나온 얼굴에 뱁새같이 가느다란 눈을 한 청년이 분노가 이는 표정으로 저 멀리에서 이동하는 마차와 기마의 무리를 바라보았다.

그런 청년의 옆에는 무표정한 얼굴의 중년 무인이 한 명 서 있었다.

"젠장! 젠장! 저 연놈들을 죽여야 하는데⋯⋯."

"이쯤에서 그만두시지요. 가주께서도 더는 손을 대지 말라 하셨습니다."

"뭐라?"

홱!

청년의 두 눈이 옆의 사내를 향했다.

"아버지께서 이 일을 안다는 거냐?"

"예."

"어떻게?"

"무림맹의 일 때문에 사람을 보내오셨습니다."

"그걸 왜 지금 말하는 거야!"

짜악!

청년은 중년 사내의 뺨을 거칠게 내려쳤다. 그러나 사내
는 여전히 무표정하게 청년을 내려다보았다.

"공자님보다 더 높은 명령권을 가진 분의 명입니다."

"큭."

뱁새눈의 청년이 이를 갈더니 고개를 돌린다.

"세가에 돌아가서 두고 보자고."

그러고는 몸을 돌려 걸어가 버린다.

중년 사내는 무표정하게 그런 청년을 바라보다가 저 멀리
있는 마차를 힐긋 보았다.

그러고는 이내 청년을 따라 걸음을 옮겼다.

                *   *   *

여기는 어디지?

익숙하지 않은 약초 향기가 맡아지고 몸은 묵직하고 무거
워서 움직이기가 버거웠다.

그는 우선 눈을 떠보았다. 가물거리는 눈두덩이를 억지로

밀어 올리자 시야에 빛이 들어온다.

처음 감각은 아픔이었다.

뭔가가 눈을 찌르는 듯한 감각은 아마도 오랫동안 빛을 보지 않았기 때문이리라. 그렇게 생각하며 일단 잠시 기다리자 곧 아픔이 사라지고 주변이 보였다.

그곳은 마차였다.

그리 비싸 보이지 않는 마차의 지붕, 그리고 옆에 뚫린 창문으로는 햇살과 함께 청량한 공기가 들어왔다.

그제야 그는 자신이 어떤 상황인지 파악할 수 있었다.

도움을 받았구나.

누군가가 그를 치료하고 이렇게 마차에 누인 채로 가고 있는 것이다.

그는 잠시 손을 꼼지락거려 보았다.

저리지만 감각이 있다. 힘겹지만 의지대로 움직였다.

혈도를 눌러 움직임을 제한하거나 하지 않은 것을 그는 알 수 있었다.

그러자 그는 이내 두 눈을 감고 호흡을 바로 하였다.

이제 가장 중요한 부분을 점검할 차례였다.

화악.

그의 호흡과 의지, 그리고 근육의 움직임에 따라서 몸 안에서 잠자고 있던 기운이 움직인다.

그의 단전에서부터 시작된 흐름은 몸을 천천히 돌았다.

다행이다. 단전은 무사해.

그는 정신을 잃기 전 단전에서 찢어지는 고통을 느꼈다.

그것은 단전이 파열되려는 징조였고, 그렇기에 그는 사실 자신이 무공을 잃을 것이라고 생각했다.

그가 익힌 무공은 신공절학이라고 해도 과언이 아니다. 남녀의 운우지락을 통해 내공을 증진시키는 무공으로 내공이 모이는 속도는 상상을 불허했다.

그는 젊은 나이에 벌써 내공이 이 갑자에 달하고 있으니 보통의 무공 아닌 것은 확실했다.

그러나 그런 대단한 무공을 익히고 있음에도 숫자에는 장사가 없었다.

그는 무리를 했고, 단전이 파열될 뿐만 아니라 생명마저 잃을 뻔하였다.

그래도 그는 후회하지는 않았다.

그 스스로가 생각한 대로 했기 때문이다.

그는 여성이라는 존재를 좋아했다. 미녀가 아니더라도 그는 여성을 사랑해 왔다.

그 때문에 그는 바람둥이가 되었는지도 모른다. 그리고 늘 위기를 겪었다.

그가 만약 음양합생공이라는 신공절학을 익히지 않았다

면 진즉 죽어 나자빠졌을 터이다.

그러나 그는 강했고, 지금까지 잘 살아왔다. 초절정의 경지에 오르고, 강대한 내력으로 강호를 돌아다녔다.

풍류공자라는 별호도 그래서 붙은 것이다.

"하아!"

그는 숨을 쉬어보았다.

자신의 감각 하나하나가 깨어나는 것을 느낄 수 있었다.

심장이 고동치고 뜨거운 피와 기운이 몸을 돌고 있다.

그는 자신이 몹시 지치고 여기저기가 너덜너덜하게 해졌다는 것을 제외하면 정상이라는 것을 알 수 있었다.

단전이 파열될 때까지 힘을 사용했고, 근육도 파열될 상황이었다.

이 정도로 치료가 되었다는 것 자체를 믿을 수가 없었다.

이제부터는 잘 먹고 푹 쉬기만 하면 낫는다.

그는 오랜 경험으로 자신의 상태를 잘 알아차렸다.

끼익.

그때 문이 열리는 소리가 들려 그는 시선을 옆으로 향했다.

그곳에는 생전 처음 보는 사내가 들어오고 있었다.

제법 잘생겼는데?

그는 들어온 청년의 얼굴을 보며 그렇게 평가했다. 분명 자신보다 어려 보이지만 생전 처음 보는 사내다.

그런 청년은 자신을 보며 조금 묘한 표정을 짓고 있었다.

그 눈에 담긴 감정을 신문호는 잘 알고 있다.

저건 그리움이다.

왜 나를 보면서 그리움을 느끼지?

"일어나셨소?"

"덕분에 살 수 있었습니다. 신문호라고 합니다."

"의선문을 이끌고 있는 장호라고 하오."

청년의 말에 신문호는 잠깐 멈칫했다.

의선문주!

강호에서 의선문주를 모르는 이는 없다고 해도 과언이 아니다.

의선문주는 이미 흑사칠문 중 두 개 문파를 없애 버리지 않았는가?

오독문은 봉문했고, 시령각은 멸문당했다.

그만큼 의선문이 막강한 세력임은 세상이 다 알고 있었다. 불과 십 년도 안 되어 고속으로 성장한 이 문파에 대해서는 많은 이들이 의문을 가지고 있다.

그런 의선문주가 이토록 젊다니?

젊다는 소리를 듣기는 했으나 그걸 직접 보는 것은 또 느낌이 몹시 달라 놀라고 말았다.

"장 문주님이셨군요. 소생을 구해주어 감사드립니다. 몸이 이래서 일어나지를 못하니 양해 부탁드리겠습니다."

"그대의 몸은 내가 더 잘 알고 있으니 개의치 않소."

장호는 그리 가볍게 대답하였다.

"그런데 귀하가 혹 풍류공자 신문호가 맞소?"

신문호는 장호의 말에 쓴웃음을 지어 보였다.

"소생이 신 모입니다."

"그렇군."

신문호는 상대의 표정에 별다른 변화가 없자 의아해했다.

보통 신문호의 별호를 아는 남성들은 신문호를 좋아하지 않았다.

경멸하는 이도 있고 분노하는 이도 있었다.

신문호는 그것이 남성들의 저열한 질투심 때문임을 잘 알고 있었다. 여성에게 인기가 있다는 건 그런 의미니까.

그런데 이 눈앞의 청년은 그런 기색이 전혀 없었다.

그런 청년을 보며 신문호가 물었다.

"그런데 당 소저와 문 소저는 무사하십니까?"

"두 여인 모두 무사하다오. 그대보다는 건강하지."

"그렇습니까? 다행이군요."

"그대가 생명을 걸고 지켰으니 죽지 않아야 할 것이 아니겠소?"

신문호는 장호의 말에 그를 유심히 보았다.

왠지 그의 목소리에 조그마한 감정이 서린 것 같다고 느낀 탓이다.

신문호는 비단 여성을 좋아하기만 한 것이 아니라 눈치도 빠르고 상대의 심리를 알아차리는 데에도 도가 텄다.

때문에 여성들의 마음을 빠르게 얻을 수 있었던 것이다.

그렇기에 그는 장호의 심리가 조금 기괴하게 느껴졌다.

"장 문주님, 혹 저희가 어디선가 만난 적이 있던가요?"

"처음 만나오."

"그렇군요."

이상하군. 나를 아는 기색인데?

"그럼 쉬시구려. 두 여인도 곧 정신을 차릴 거요."

"예. 이 은혜, 잊지 않겠습니다."

"하하, 괜찮소. 잊어버리시구려."

장호는 그리 말하고는 문을 닫고 나갔다.

기인이로군.

신문호는 그리 생각하며 다시 눈을 감았다.

단전이 비록 치료되어 있다지만 진기가 그리 많지 않았다. 내공을 미리 모아 두어야 뭐든지 할 수 있었다.

第十章

동행

세상을 살아간다는 것은
아주 길고 긴 여행길에 오르는 것과 같다.
가끔은 누군가와 동행하고,
혹은 누군가와 싸우기도 한다.
여행길에서 사람을 만나면서
어떻게 할지는 당신의
생각과 선택에 달려 있다.

어떤 여행가의 말

의원귀환

삶이란 고해이다.

장호는 그 말에 동의했다. 삶을 존속하기 위해서 생명은 언제나 투쟁을 해야만 했다.

무언가를 먹어야 살 수 있고, 그러기 위해서 생명체는 다른 생명체를 죽여야만 한다.

그것은 육식동물만의 이야기가 아니다.

식물도 결국 살아 있는 것이니 결국 무언가를 잡아먹는 셈이다.

그러니 삶은 투쟁이며, 그것은 곧 고해라는 말이 맞았다.

고해(苦海).

고통의 바다.

그런 고해를 항해하며 살아갈 만한 이유가 세상에는 있을까?

장호는 오래전 의원이 되면서 그런 생각을 해본 적이 있다.

희망도, 그리고 행복한 일이 없음에도 살아가는 이들이 수없이 많다.

그들은 매일매일 고통 속에 살아감에도 죽음에서부터 멀어지기 위해 바동거린다.

그것은 지극히 어리석은 행위이다.

삶 속에 평온이 없을진대 어찌 삶을 영위하는가?

고통 그 자체가 삶의 목적인가?

그에 대한 의문을 계속하다 보니 장호는 결국 한 가지 답을 발견하게 되었다.

생명이 삶을 추구하는 것은 죽음에 대한 공포 때문이라는 것이다.

죽음이 두렵다.

그렇기에 삶을 살아간다.

이는 변할 수가 없다.

생존 본능의 정체는 사실 미지에 대한 두려움일 뿐이다.

어쩌면 생명체는 죽음의 공포에서부터 도망가기 위해 살

아가는 가련하고 비참한 존재일지도 모른다.

그나마 사람은 좀 더 낫다.

사람은 이성이 있고, 다른 생명체에 비해 뛰어난 정신과 생각이 있다.

때문에 사람은 그런 비참하고 가련한 이유가 아닌, 자신 스스로 생존에 대한 이유를 만들 수 있었다.

어떤 이는 가족을 위해서 살아가고, 어떤 이는 자신의 야망을 위해 산다.

단지 죽고 싶지 않다는 마음 때문에 삶을 유지하는 것보다는 낫지 않은가?

그런 의미에서 장호는 지금 자신이 보통의 사람과는 전혀 다른 존재가 되어 있음을 자각하고 있었다.

일종의 탈각이라고 해도 좋을 것이요, 깨달음이라고 보아도 된다.

그는 이미 한 번 죽었다.

그리고 다시 태어났다.

이 경험은 그에게 죽음에의 공포를 앗아가 버렸다.

때문에 그는 죽지 않기 위해서 살아가는 것이 아니다.

다른 이들이 가진 죽음의 공포가 없어져 버렸고, 때문에 범인들과는 다르게 죽음을 두려워하지 않는 강력한 추진 의지를 가지게 되었다.

그 결과가 이것이다.

전생을 경험한 지 얼추 십 년이 되어가는 지금, 그는 벌써 사 갑자에 가까운 선천의선강기를 가지고 있으며 강호를 뒤흔들고 있는 대문파의 주인이 되어 있다.

이는 무척이나 중요한 일이다.

미래의 정보를 알고 경험이 존재한다면 더 빠르게 앞으로 나아갈 수 있다.

그건 누구나 그럴 것이다.

그 정도의 차이는 분명 존재하겠지만.

"두 분이 무사하셔서 정말 다행입니다. 만약 두 분이 다치셨다면 이 신 모는 정말······."

"아니에요, 신 공자. 신 공자께서 저희를 보호하시기 위해 생명을 거신 것을 잘 아는걸요."

"그것은 응당 사내로서 해야 할 일이었습니다."

재잘재잘, 조잘조잘.

장호는 옆에서 하하, 호호 떠들고 있는 신문호와 당여월, 문소혜를 보면서 역시 삶은 고해라는 말을 새삼 자각했다.

어찌 저렇게 오랫동안 떠들 수 있단 말인가?

저것이 진정 사람의 주둥이가 맞는 것인가?

장호는 속으로 짜증이 났지만 내색하지는 않았다.

생각해 보니 신문호는 전생에서도 저랬기 때문이다.

그 당시에는 장호도 여색을 제법 밝혔기 때문에 저런 신문호와 자주 어울려 다녔다.

그러고 보니 전생 이후 장호는 여색을 밝힌 적이 없었다.

그런 자신을 깨달은 장호는 자기도 모르게 피식 웃고 말았다.

확실히 죽는다는 경험은 보통의 것이 아니었다. 그것 때문에 여러모로 보통 사람과는 달라지고 말았으니 말이다.

그런데 지금 보니 참 밉상이긴 했다.

신문호가 저리 밉상이었나?

내가 이럴 정도이니 다른 남자들이 좋게 볼 리 없겠어.

장호는 그리 생각하면서 무공서를 들여다보았다.

"스승님."

"응? 왜 그러느냐?"

"저 사내와… 스승님은 아는 사이신가요?"

"나는 그를 알지만 그는 나를 모를 것이다."

"기묘하네요."

"기묘하지."

"어떻게 아는 사이신가요?"

"예전에 그가 내 생명을 구했다. 그 스스로의 목숨이 위험함에도 나를 도왔지."

"아……."

이연의 두 눈이 조금 더 커지고, 창밖에서 여자들과 수다를 떨며 말을 타고 가는 신문호를 보았다.

그녀로서는 저 사내에게 그런 대단한 데가 있으리라고는 믿기 어려웠다.

"그가 비록 여성을 많이 따르며 경박해 보이지만, 보기 드문 의협심을 가지고 있단다. 그는 그가 구해준 이들의 얼굴도 대부분 기억하지 못하지. 외모와 행동으로만 상대를 평가하지 말거라. 선하게 생긴 악인도, 악하게 생긴 선인도 있으니까."

"기억해 둘게요."

"그래야 내 제자지."

장호는 무언가를 골똘히 생각하는 이연을 보며 피식 웃었다. 그리고 다시금 무공서로 시선을 돌렸다.

"저 친구를 데리고 무림맹에 가면 참 볼 만할 게다."

"그럴 것 같아요. 아무래도 은원이 많겠죠?"

"은원이 많지. 저 녀석과 사귀다가 헤어진 여무인들도 제법 많거든. 재미있는 건 그녀들이 저 녀석을 아직도 잊지 못한다는 거야."

"그 정도인가요?"

"그럼. 대단하지 않느냐?"

어떤 의미로는 확실히 대단하다고 하지 않을 수가 없었다.

"그나저나 슬슬 무림맹이로군. 무공은 준비를 해두는 게 좋을 게다."

"예, 스승님."

그렇게 일행은 무림맹에 도착하게 되었다.

＊　　　＊　　　＊

무림맹.

강호에서 정파라고 자처하는 이들은 대부분이 이 무림맹에 속해 있다. 정파 중에서 이 무림맹에 가맹하지 않은 이의 수는 겨우 일 할도 되지 않았다.

그리고 그 일 할의 문파들은 정말 작은 소문파인 경우가 대다수였다.

때문에 무림맹에 아직 가맹하지 않은 의선문의 등장은 모두를 놀라게 했다.

의선문은 확실히 정파다.

그런데 그들의 성장 속도가 가히 상상을 뛰어넘었다. 겨우 몇 년 만에 흑사칠문 중 두 곳을 궤멸시키고 도리어 성장이 가속화되는 문파이니 다들 경악할 수밖에.

게다가 의선문의 문도는 대부분이 군인 출신인데다 문주인 장호는 비록 명예직이긴 하지만 동창에 이름을 올려두고 있다.

이쯤 되니 황실에서 강호를 암중 장악하고자 세운 문파가 아니냐 하는 의심이 생길 지경이다.

그러나 의선문에 대해서 아는 이는 그리 많지 않았다. 의선문의 핵심이 어디에 있는지 파악을 못 한 것이다.

왜냐하면 의선문은 실제로 황궁의 지원을 받은 게 없으니까.

의선문의 재력?

그것은 의선문의 의술에 기반을 두고 있다. 부호들에게 불티나게 팔리는 정력제 노강환만 해도 없어서 못 파는 물건이지 않는가?

그것을 기반으로 하여 여러 가지 사업에 손을 댔고, 지금은 산서성을 완전히 장악한 상태이다.

무림맹의 정보 조직들도 그동안 놀고 지낸 것은 아니라서 산서성의 현황을 어느 정도는 파악한 상태이다.

무려 백만에 달하는 인구가 의선문의 그늘 아래 있다는 것 때문에 모두의 간담이 서늘해지기까지 했다.

그런 거대한 문파의 주인, 그리고 그 정체에 대해서 제대로 알려지지 않은 의선문의 문주 장호가 직접 무림맹에 나타났다는 소식은 무림맹주를 뽑기 위한 회합에 모인 이들에게 충격을 줄 수밖에 없었다.

물론 개중에는 웃고 있는 이들도 있었다.

화산파와 제갈세가.

이 두 문파는 일찍부터 의선문과 좋은 관계를 유지하고 있기 때문이다.

의선문 일행이 도시에 도착한 순간부터 이미 세인들의 시선은 의선문으로 향해 있었고, 그들이 무림맹의 정문에 도착했을 때에는 관심이 절정에 이르러 있었다.

"정지. 이곳은 무림맹이오. 어디서 오신 분들이시오?"

정문에는 수문위사들과 정문을 통과하려는 무인들의 이름을 적는 방명록을 관리하는 서기가 자리하고 있었다.

"의선문의 선외단 삼대주 해천수요. 문주님을 모시고 왔소이다."

"의선문 사람이셨습니까? 여기 방명록을 적어주시고 안으로 들어가시면 됩니다."

가볍게 정문을 통과하고, 장호의 마차는 안쪽으로 향했다.

*　　　　*　　　　*

"이거 참, 찌릿찌릿하구먼."

장호는 마차 안에서까지 느낄 수 있는 여러 기운에 피식 웃고 말았다. 사방에서 날아오는 기파의 종류가 어마어마했다.

이는 의선문을 떠보기 위한 행위이다.

그러나 이 정도에 흔들릴 의선문의 문인들이 아니었다. 특히 지금 여기에 있는 이들은 전원이 절정고수이며 해천수와 조수연은 초절정의 경지에 들어섰다.

강호 전체를 뒤져도 초절정의 고수는 수백여 명이 채 안된다고 하니 장호가 거느리고 온 전력은 만만한 것이 아니라고 할 수 있었다.

그리고 그걸 아는 이들도 있을 것이고 모르는 이들도 있을 터이다.

그들은 의선문이 어떻게 행동할지 보고 싶어 이러는 것이다.

[무시하도록.]

장호는 전음으로 수하들에게 명을 내렸다.

마차는 느긋하게 무림맹 안쪽으로 향했다.

마구간에 도착하여 장호는 마차에서 내리고 말과 마차를 맡겼다.

사방에서 은밀한 시선이 날아와 꽂힌다.

이연이 장호의 옆에 서며 말했다.

"스승님, 꽤나 불쾌하네요."

"그럼, 불쾌하고말고. 사람들의 욕망이란 언제나 추악하고 불쾌한 법이란다."

"그렇군요."

"너도 예전에 객잔에서 일할 적에 느껴봤을 것 아니냐?"

"그렇긴 해요."

"강호는 더 노골적이지. 기억해 두거라."

"예, 스승님. 그런데 그 세 사람은 어쩌실 생각인가요?"

"내버려 둬. 알아서들 하겠지. 신문호 그 친구, 어디 가서 맞아 죽을 사람은 아니야."

장호는 그리 말하고는 걸음을 옮겼다. 그의 앞으로 무림 맹의 경비 무사가 몇 명 다가왔다.

그 경비 무사들 사이로 학사 차림의 사내가 한 명 서 있었 는데, 장호는 그의 얼굴이 낯이 익다고 생각했다.

어디서 봤더라?

"처음 뵙겠습니다. 무림맹의 군사부에 속한 모용휘가 장 문주께 인사드립니다."

처억!

포권을 하며 고개를 숙여 보이는 미공자.

장호는 그의 소개에 과거의 기억이 떠올랐다.

모용휘! 결과적으로 무림맹의 총군사가 되는 이.

본시 제갈세가의 가주가 무림맹의 총군사로 활동했지만, 황밀교의 난 이후 가장 먼저 제거 대상이 된 게 바로 제갈세가주다.

그 당시 제갈세가는 제법 큰 피해를 입게 되는데, 그때 나서서 혼란스러운 무림맹을 수습한 것이 바로 모용휘였다.

황밀교의 비처를 찾아가는 임무를 준 것도 바로 이 모용휘였는데, 지금은 그때 보다 더 젊어서 알아보지 못한 것이다.

지금은 아직 군사부의 군사 중 하나인가?

장호는 그리 생각하며 가볍게 포권을 해 보였다.

"처음 뵙겠소. 의선문의 문주인 장호요."

"말씀은 많이 들었습니다. 안내를 해드리라 명을 받았습니다만."

"그거 고마운 이야기로군. 우리가 머물 곳은 어디요?"

"저를 따라오시지요."

장호는 고개를 끄덕이며 걸음을 옮겼다.

무림맹. 여기에 온 지도 오랜 시간이 흘렀다.

과거에는 자의가 아닌 타의에 의해 이곳에 왔으나 지금은 자의에 의해서 여기에 왔다.

자, 이제 앞으로의 미래는 어떻게 될까?

*　　　*　　　*

"오랜만이외다."

"확실히 오랜만입니다."

심중호리 제갈용문.

제갈세가의 가주이자 강호를 운영하는 절대자 중의 하나. 일신의 무력도 이제 보니 화경에 달해 있는 그는 강호에서 가장 머리가 좋은 사람 중의 하나였다.

그가 군사부에서 장호를 기다리고 있었다.

"일전 광서성에서의 일은 감사하게 생각하고 있다오."

"별일 아니었습니다. 저도 대가를 받았으니 그리 과찬하실 필요가 없는 일이지요."

"그런 거요?"

"그렇습니다."

"그렇다면 그 이야기는 옆으로 치우도록 하겠소이다."

제갈용문의 말에 장호는 가볍게 고개를 끄덕였다.

장호는 피곤하게 그런 심리전은 하고 싶지 않다는 의사를 표명한 것이고, 제갈용문은 그것을 받아들인 것이다.

머리가 좋은 이들과의 대화는 그 대화 안에 어떤 숨은 의도가 있느냐가 중요한 법. 그러나 장호에게 그런 것에 신경 쓰는 일은 짜증이 나는 일이기도 했다.

"본 맹에서 초대장을 보냈긴 하지만, 의선문주가 직접 올 줄은 몰랐소. 그 이유가 무엇인지 물어도 되겠소?"

"별일 아닙니다. 무림맹에 가맹하고 무림맹주를 선출하는 데 저 역시 한 표 거들기 위해서지요."

"화산파요?"

"그렇습니다."

"흐음."

제갈용문의 단도직입적인 말에 장호는 가볍게 긍정했다. 딱히 숨길 생각이 없기 때문이다.

"귀 문이 화산파와 제법 친밀하게 지낸다는 이야기는 들었소만……."

"본 문은 제갈세가와도 친밀하게 지내고 있지요. 만약 제갈세가에서 맹주의 직위에 관심이 있으시면 화산파가 아닌 제갈세가를 돕도록 하지요."

장호의 말에 제갈용문의 두 눈이 슬쩍 흔들렸다. 어지간히 놀란 모양이다.

"그렇게 해줄 수 있겠소?"

"있지요. 저희와 먼저 친밀한 관계를 맺은 것은 제갈세가가 아닙니까? 그러니 그 정도는 해드릴 수 있지요."

"하하, 말씀만으로도 감사하외다. 하지만 본 세가는 맹주직에 관심이 없소."

"그러시다면야……."

과연 제갈세가로군.

그들은 강호의 전면에 나선 적이 거의 없다. 언제나 뒤에서 그들의 이익을 관철시켜 왔기 때문이다.

지나치게 머리가 좋기 때문에 그런 것이 아닐까 하고 세인들은 궁금해하지만, 이는 제갈세가만의 독특한 처세술이었다.

제갈세가의 역사는 저 머나먼 삼국시대까지 거슬러 올라가니 그 역사가 강호에서도 제법 깊은 편에 속했다.

거의 천 년에 가까운 세월 동안 존속해 온 세가이니 당연하다면 당연한 일이다. 이 정도로 오랜 시간 가문을 유지한 곳은 모용세가 정도일 것이다.

남궁세가조차도 이 정도의 역사는 가지고 있지 않았다.

"그렇다면 장 문주는 화산파를 지지할 것이오?"

"그렇습니다만……."

제갈세가는 의견이 다른 것인가?

"흐음, 본 세가와 공조할 생각은 없소?"

"저로서는 화산파와 가깝게 지내는 것이 득이지요. 제갈세가에서 직접 나선다면 모르나 제갈세가에서 다른 문파를 지원하는 것까지는 돕기 어렵습니다."

"그렇소?"

"그렇지요."

"사정은 알겠소. 그 건은 그대로 각자 알아서 처신하도록 합시다. 그리고 다른 이야기이오만……."

"말씀하시지요."

"황밀교를 알고 있소?"

흠, 무림맹에서도 드디어 꼬리를 잡은 건가?

하기야 이쪽에는 그녀가 있으니.

장호는 그렇게 생각하며 제갈용문을 보았다.

노회한 그의 표정에서는 아무것도 읽을 수가 없었지만, 장호는 그리 긴장하지는 않았다.

"알고 있습니다. 꽤 오래전부터 알고 있었죠."

가벼운 긍정.

자, 이제 당신은 어떤 말을 할 것인가?

"그럼 묻겠소. 장 문주 그대는 황궁 사람이오?"

역시 그 의심인가?

의선문의 확장과 성장은 확실히 너무나도 기괴할 정도로 빨랐다.

하지만 이는 장호가 자신이 아는 의술을 적절히 이용했을 뿐이라는 것을 그는 모르고 있다.

전생에서도 의술로 제법 큰 의방을 운영하던 장호다.

현생에 이르러서는 스승인 진서에게 의선문의 의술과 무공을 전수받았다.

도리어 그런 대단한 것을 가지고도 이 정도 세력을 만들지 못했다면 그게 더 이상하다고 보아야 했다.

하지만 그런 사실을 그들이 알 리 없었다.

그러니 뻔한 의심을 할 수밖에 없는 것이다.

"전혀 관계없습니다. 그쪽에 선이 닿아 있긴 하지만요."

장호의 말에 제갈용문의 눈이 미미하게 찌푸려진다.

"진실인 것 같구려."

"진실입니다."

"그렇다면 어떻게 그렇게 빠르게 의선문을 키운 건지 알 수 있겠소?"

노골적인 질문에 장호는 피식 웃어 보였다. 그 모습에 제갈용문의 눈썹이 꿈틀한다.

"간단한 이유입니다."

"간단하다?"

"그렇습니다. 제가 뛰어나기 때문이죠. 제 의술은 적어도 중원 제일. 저에 대한 정보는 아실 테고, 제가 빠르게 세력을 모은 것은 단지 그뿐입니다. 의술이 뛰어나고, 그를 통해서 사업을 크게 확장시킨 것이지요. 산서성의 혼란스러운 상황도 한몫했습니다만."

그건 진실이다.

전생을 하면서 알고 있는 미래에 대한 정보는 대부분 강호의 것들. 때문에 장호의 성공 요인은 그런 미래의 정보보다도 장호 스스로가 뛰어난 부분에 있었다.

물론 그 뛰어난 부분도 과거로 회귀하면서 가지고 있던 기존의 경험에서 생겨난 것이긴 하다.

"제가 뛰어나다는 것을 인정한다면 의심할 일은 없지요. 하지만 그를 인정하지 않는다면 결국 아무것도 믿을 수 없을 겁니다."

"오만하다고 생각하지는 않소?"

"제 나이에 흑사칠문 두 곳을 멸문시켰다면 오만이 아닌 자신이 아니겠습니까?"

장호는 가볍게 응수하였다.

"그러면 하실 말씀은 끝나신 모양이니 일어나겠습니다."

"그렇구려. 다음에 만난다면 더 적극적으로 동맹을 맺어 봅시다."

"여건이 된다면 그렇게 하는 것도 나쁘지 않겠지요."

장호는 그렇게 말하고서 포권을 하였다. 그리고 밖으로 나오면서 웃었다.

무림맹 내에서도 여러 가지 기류가 흐르고 있는 모양이로군.

자, 제갈화린, 너는 무엇을 준비했느냐?

第十一章

무림맹에서

어떤 조직의 우두머리가 된다는 것은
큰 힘을 지니게 된다는 것을 의미한다.
대부분이 그에 따른 책임은 생각하지 않는 것은
인간 스스로의 탐심과 욕망 때문이리라.

사람의 마음

장호는 무림맹의 회합에 참가했고, 귀빈들만 머무는 전각을 배정받았다. 물론 장호뿐이다. 본래 귀빈 전용 전각에는 문파의 중진만이 기거하고 그 수하들은 외부인 전용의 숙소를 배정받기 때문이다.

　장호의 방에는 장호, 조수연, 해천수만이 기거하게 됐다.

　세 명이서 머물게 됐지만 방은 몹시 호화롭고 넓어서 상관없었다.

　고급의 비단으로 만든 침대, 원목을 깎아 만든 가구들, 그리고 넓은 욕탕에 귀빈실을 담당하는 전용 시녀도 두 명이나 배정되어 있었다.

확실히 이 정도는 되어야 귀빈실이라고 할 만할 것이다.

하지만 그런 것들이야 장호에게는 아무래도 좋은 일이었다. 앞으로 이 무림맹의 회합이 어떻게 될 것인지 그게 궁금할 뿐.

장호가 기억하기로 황밀교의 간자는 무림맹에 늘 있었다. 난이 일어난 그 당시에도 간자가 암약하였고, 그들로 인해 무림맹은 큰 피해를 입었다.

적발된 간자도 있었고, 여전히 정체를 숨긴 자들도 있었다. 그리고 애석하게도 장호는 적발된 간자들에 대해서 잘 알지 못했다.

그럴 수밖에 없었다.

그 당시에도 장호는 무림맹의 외부인이었으니까.

사실 선검문의 전인인 진무룡과 제갈화린을 지원하는 역할로서 동행한 것이지 않던가?

그러니 많은 정보가 있었던 것은 아니다. 정확히는 대략적인 흐름에 대한 정보는 알고 있으나 내밀한 정보는 알지 못했다.

사실 그 때문에 의선문을 크게 키운 것이기도 하지만.

지금에 와서는 흑사칠문의 문파 한 곳 정도는 무리 없이 지워 버릴 정도의 세력을 가졌기 때문에 앞으로 황밀교를 저지하는 데 큰 힘을 발휘할 것이 분명 했다.

그러면 이제 무림맹주는 누가 되어야 할까?

이미 미래는 달라졌다.

때문에 화산파가 무림맹주가 된다 하여도 나쁘지 않을 터이다. 사실 화산파의 문주는 강직하기로 소문이 나 있다.

전생에서도 그는 황밀교의 난 때 가장 앞장서서 싸우다가 팔을 하나 잃기도 했을 정도이다.

"다들 식사나 하러 가지."

무림맹에 도착한 지 이틀째.

장호는 같이 숙식하게 된 세 사람을 돌아보았다.

해천수, 조수연, 이연.

세 사람은 장호의 말에 채비를 갖추었다. 귀빈 전용 식당으로 장호는 느긋하게 걸음을 옮겼다.

고풍스럽고 고급스러운 전각의 통로를 지나 밖으로 향했다. 귀빈들을 위한 식당에 도착하자 이미 아침 식사를 하기 위해서 온 이들이 있었다.

그들은 제법 쟁쟁한 인물들이었다. 그런 이들에게 잠깐 시선을 준 장호는 일행을 이끌고 한쪽의 비어 있는 자리로 가 앉았다.

그러자 제법 잘 차려입은 곱상한 시녀가 다가와 음식을 주문받았다.

장호는 전생에서도 이미 이 식당을 이용해 본 적이 있기에 자연스럽게 주문했다.

"볶음밥, 계란국. 네 명 전부."

"예, 대인."

시녀가 물러가고 장호가 고개를 돌리자 모두가 눈을 동그 랗게 뜨고 있다.

"뭘 그렇게 봐?"

"아니, 문주님이 너무 자연스레 주문하셔서요. 그치?"

조수연이 옆에 앉은 이연의 옆구리를 쿡 찌른다.

이연도 고개를 끄덕인다.

"경험이야, 경험."

"에? 무림맹 와보셨어요?"

"아니. 비슷한 곳이 꽤 있거든."

장호의 말에 그런가 하는 표정의 조수연이다.

그리고 그런 반응에 장호는 희게 웃었다.

사실 전생의 경험이다. 그걸 이들이 어찌 알겠는가?

그렇게 이야기를 나누면서 장호는 자신에게 크게 시선이 쏠린 것을 이미 느끼고 있었다.

귀빈들을 위한 식당.

그렇다면 이곳에 있는 이들은 강호의 기준으로 거물들이 라는 의미이다. 실제로 식당에는 장호의 의선문 외에도 약

네 개의 세력이 들어와 있었다.

그들의 외모만 봐서는 장호도 그들에 대해서는 알 리 없지만, 그들의 복장을 보면 충분히 알 수가 있었다.

황보세가, 남궁세가, 점창파, 종남파.

이들 네 개 문파의 사람들이 식당에 와 있었다.

그러나 장호는 그들과 친분이 없기에 말을 걸지는 않았다.

장호가 친분 있는 이라고 해봐야 화산파와 제갈세가 정도이다.

안면이 있는 곳이라면 소림과 개방 정도.

장호의 인맥은 그리 넓지 않다고 할 수 있었다.

하지만 뭐 어떠랴. 이미 산서성을 완전 장악한 장호로서는 인맥이 그다지 필요 없었다.

의선문의 약은 없어서 못 팔 정도이다. 많은 상인들이 의선문의 약을 원한다. 때문에 장호는 앉아서 돈을 벌고 있는 형국이다.

게다가 장호가 산서성을 장악하고 나서 도리어 산서성 전체가 잘살게 되었다. 장호의 토지와 휘하에서 소작하는 농민들을 수탈할 간이 부은 관리는 없기 때문이다.

또한 지금은 사파들을 완전 척결하는 중이라서 더더욱 산서성은 살기 좋은 지역이 되어가고 있는 중이다.

그러니 더더욱 인맥은 의미가 없었다.

이윽고 불편한 시선 속에서 식사가 나왔다. 반찬으로 소채볶음과 춘장 같은 장이 같이 나오고, 야채와 고기가 들어간 계란볶음밥이 나와 코를 간질이는 맛있는 향을 내뿜는다.

귀빈들을 위한 식당이라 그런지 볶음밥도 아주 맛있어 보인다.

"자, 먹자."

"예."

"예."

"예."

세 사람이 대답하자 장호는 숟가락을 들었다. 계란볶음밥을 한 숟가락 떠서 그대로 입에 가져가자 고슬고슬하게 잘 볶아진 밥알이 장호의 혀를 자극했다.

확실히 일류의 숙수가 만들었군.

장호는 고개를 끄덕였다.

"역시 여기 솜씨가 좋아. 지금이면… 장 노야가 숙수로 있으려나."

장연평.

장호는 과거 무림맹에 지낼 적에 이 노인을 치료해 준 적이 있다. 무림맹의 대숙수이며 무공도 제법 익힌 인사였다.

"여기 숙수를 아세요?"

"예전에 인연이 있었거든."

"문주님은 여기저기 인연도 참 많으시네요."

"예전에 방랑 좀 했으니까."

"진짜요?"

"그래."

장호의 말에 조수연이 뭔가 미심쩍다는 듯한 표정을 지어 보인다. 그러나 그녀가 의심하든 말든 신경 쓰지 않았다.

"그나저나 왜 볶음밥이에요?"

"아침에는 밥을 먹어야지 소화가 잘되거든. 영양적으로도 이게 맞아."

"그렇구나."

"점심과 저녁에는 고기를 먹는 게 좋지. 물론 체질상 고기가 아닌 다른 걸 먹어야 하는 사람도 있다만."

"저희는요?"

"너랑 해 대주는 고기 먹어도 상관없어. 우리 연이는 많이는 먹지 말고, 야채랑 같이 먹어야 하고."

장호의 말은 제법 신기한 것이었지만, 평소에도 신기한 말을 자주 하는지라 조수연은 그렇구나 하면서 고개만 끄덕였다.

그렇게 식사를 끝마치고 막 자리에서 일어서는 때였다.

저릿저릿.

제법 강렬한 예기.

예기는 장호의 뒤쪽으로부터 흘러나왔다. 그러나 장호에게는 어차피 아무래도 좋은 그런 수준이었고, 이미 초절정에 오른 세 사람도 이 정도에 영향을 받을 수준은 아니었다.

장호가 기감으로 보니 남궁세가 쪽에서 흘러나온 것이었는데, 장호는 잠시 어떻게 할까 하고 고민하다가 되받아쳐 주고 나가기로 했다.

화아아악!

강렬한 무형지기가 남궁세가 쪽으로 밀어닥쳤다.

"컥!"

누군가의 목이 졸린 듯한 목소리가 나더니 푸확 하고 피를 토하는 소리가 들린다.

이런, 조금 심했나?

장호는 그리 생각하며 걸음을 옮겼다.

"거기 서라!"

그리고 호통이 터져 나오며 무언가가 발출되어 오는 것이 느껴졌다.

참나, 귀찮게 하기는.

장호가 고개를 뒤로 돌리자 마침 매섭게 쏘아져 오는 검을 볼 수 있었다. 검에 검기가 서려 있는 것으로 보아 제법 내력을 불어넣은 듯했다.

하지만 그건 장호에게 별 의미가 없었다.

슥.

이미 인간을 초월한 힘과 속도를 가진 장호는 가볍게 손을 내밀어 날아오는 검을 붙잡았다.

검기가 그의 손바닥을 가르려고 안간힘을 썼지만, 이미 마혈신외공과 금강철신공이 하나로 합일되어 새로운 경지로 나아간 장호의 몸을 어떻게 할 수는 없었다.

콰직.

장호의 손에 잡힌 검은 그대로 장호의 악력에 의해 으스러지면서 파편이 되어 흩날렸다.

"이거 참, 대뜸 시비를 거는 건 어느 나라 법도인지."

장호는 대놓고 한숨을 내쉬면서 어이가 없다는 표정을 지어 보였다.

그런 장호의 태도와 행동에 장내의 사람들 모두가 딱딱하게 굳은 표정이 되었다.

"해 대주."

"예, 문주님."

"이런 거 날아오면 해 대주가 쳐내야지."

"문주님께서 손을 쓰고 싶어 하시는 것 같아서 두었습니다만."

"그렇기는 하지만 내 체면이 있잖아. 나 문주야, 문주. 해 대주는 대주고."

"시정하겠습니다."

"그래, 그래야지. 그나저나 이 검 날린 분은 누구시오?"

장호의 행동에 이번에는 모두가 입을 쩌억 벌렸다. 완전 히 안하무인격의 행동 때문이다.

그리고 실상 검을 날린 남궁세가의 중년인은 얼굴이 분노 때문에 붉게 변해 있었다.

중년인이 한 명, 피를 토하고 있는 젊은 청년이 한 명, 안 절부절못하고 있는 여성이 한 명.

여성은 소녀인지 성인인지 모를 앳된 아가씨였는데 몹시 예쁘고 귀여워 보였다.

두 눈이 동그랗고 부드러운 선을 가진 눈매의 미녀. 피부 는 또 어떤가? 백옥을 깎아 만든 듯 투명하고 그 입술은 앵 두처럼 아름다웠다.

남궁소현.

남궁세가의 장중보옥이라 불리며 강호의 뭇 남성들의 가 슴을 두방망이질 치게 만드는 여협이다.

물론 지금은 아직 어리다. 나중에는 유명해지지만 지금은 남궁일화 정도로 불리는 유망한 소녀였다.

이제 겨우 열여덟 살이니 이연과 동갑이라고 보면 좋을

터. 그런 그녀가 안절부절못하고 있었다.

장호는 그녀에게서 시선을 돌려 피를 토하고 있는 녀석을 보았다.

저거 남궁경호잖아?

진무룡에 밀리기는 했지만 그래도 강호에서 알아주는 검사였다. 게다가 무공도 초절정의 경지이기도 했고.

그런데 지금 이 시점에서는 초절정의 경지에 못 올랐나?

장호는 속으로 의문을 삼키면서 앞으로 걸어 나갔다.

"그래, 남궁세가에서 본인에게 무슨 볼일이라도 있소? 아, 그쪽의 청년이 갑자기 피를 토하는 것으로 보아 의원인 본인에게 치료를 부탁하려고 한 거요?"

장호의 말에 다른 이들은 아예 입을 벌리다 못해서 어이가 없다는 표정이 되어 있고, 중년인은 아예 살기를 줄기줄기 내뿜고 있었다.

"네놈이 감히 본가를 무시하는 것이냐!"

"입조심하시지, 남궁세가의 떨거지. 내가 누구라고 생각하는 거냐? 세가의 위세를 등에 업고 지금 의선문의 문주인 나에게 반말하는 건가?"

되로 주고 말로 받는다는 게 이런 걸 뜻하는 것일까?

장호의 말은 정론이었다.

비록 소규모의 문파라고 해도 문주의 직위를 가지고 있다면 나이를 불문하고 예의를 다해야 하는 것이 상식이다.

비록 존대까지는 아니더라도 하오체 정도는 써야 상식에 맞다.

장호는 바로 그 점을 꼬집은 것이다.

"애새끼는 철이 없이 대뜸 무형지기로 예기를 날리지를 않나, 그 손윗사람으로 보이는 작자는 반말을 찍찍 싸 뱉어 내지를 않나, 남궁세가가 미친 건지, 아니면 예의를 물에 밥 말아 먹었는지 아주 가관이네."

"이노오오옴!"

중년인이 참지 못하고 그대로 자리를 박찼다. 그의 신형이 그야말로 섬광처럼 빠르게 다가오며 번개처럼 검을 뽑아 찔러왔다.

절정에 이른 경신법과 발검술!

장호는 그냥 그대로 보고 있었다.

캉!

해천수의 검이 중년인의 검을 쳐내었고, 중년인의 목 아래에 조수연의 비검이 대어져 있다.

"음, 그래. 그래야지."

"문주님도 참. 그냥 적당히 하시지 꼭 이래야겠어요?"

"아, 이 아저씨가 트집 잡고 괜히 짜증나게 굴잖아."

중년인을 제압하고서 하는 그들의 행동에 다들 아연실색

했다. 이건 정상적인 정파의 명숙이 할 만한 행동이 아니기 때문이다.

남궁세가의 자존심을 완전히 깔아뭉개고 걸레로 만드는 행동이기 때문이다.

"이봐, 아저씨. 나는 나에게 예의를 지키지 않는 사람에게는 나도 예의를 지키지 않아. 당신이 뭐라도 되는 양 그렇게 구는데 말이야, 여기가 무림맹 아니었으면 죽었어. 알아?"

장호가 제압된 중년인의 뺨을 툭툭 쳤다.

"그러니까 나 열 받게 하지 말고 꺼져. 실력도 없으면서 지랄이야? 응?"

장호는 그렇게 말하고는 손을 흔들었다.

해천수와 조수연이 무기를 거두고 뒤로 물러섰다.

중년인은 두 눈이 엄청나게 충혈되어 부들부들 떨고 있었다.

"푸학!"

그러더니 갑자기 피를 토하며 거꾸러지는 게 아닌가?

"하! 참 가지가지 한다."

장호는 그 꼴을 보며 한탄했다.

주화입마다.

분노를 이기지 못해 스스로 기혈이 엉켜 버린 것이다.

이 무슨 같잖은 일이란 말인가?

"쯧쯧."

장호가 몸을 굽혀 혈도 몇 개를 점혈하고 선천의선강기를 흘려 넣어주었다.

꼬여서 막 파열하려던 기혈이 장호의 진기에 의해서 안정되었고, 부들부들 떨던 이의 몸이 축 늘어졌다.

"어이, 거기 남궁 소저."

"흐악?"

"아니, 뭘 그리 놀라시오? 와서 당신 윗사람 좀 데려가시구려. 주화입마에 빠지려는 걸 막았지만 적어도 십 일은 안정을 취하며 정양해야 할 거요."

장호는 그리 말하고는 몸을 돌렸다.

"나중에 하고 싶은 말 있으면 따로 찾아오시구려. 그리고 거기 너, 앞으로 깝치지 마라. 확 그 골통을 빠개 버린다. 알았냐?"

장호는 남궁경호에게 주먹을 흔들어 보이고는 그대로 식당을 나섰다.

모두가 어이가 없다는 얼굴로 장호의 뒷모습을 바라보고 있다.

그러거나 말거나 장호의 발걸음은 경쾌하기만 했다.

*   *   *

"오자마자 사고를 치는군요."

막 개화한 꽃처럼 아름다운 여인이 조용하게 미소를 짓는다. 그녀의 새하얀 치아가 반짝이고 그 예쁜 입술은 보는 이를 매혹시키는 듯하다.

외적인 아름다움뿐만이 아니다. 그녀의 몸에서는 묘한 향기가 흘러나왔는데, 그것을 맡으면 어쩐지 취할 것 같은 느낌이 들었다.

제갈화린.

제갈세가의 장중보옥.

그리고 지금은 자유로운 몸이 된 여인.

"어떻게 할 생각이냐?"

그런 그녀에게 묵직한 저음의 목소리가 질문을 던졌다. 제갈화린의 앞에 앉은 이가 물은 것이다.

그는 제갈세가의 가주 제갈용문이었다.

"만나봐야죠. 그도 저와 같이 회귀한 사람이니까요."

그녀는 담담하게 말했다.

그녀는 이미 자신의 비밀을 그녀의 아버지에게 밝힌 모양이다.

"그런가?"

제갈용문은 놀라지 않은 채로 고개를 끄덕인다. 이미 그도 장호가 과거로 회귀했다는 것을 들어 안 탓이다.

"사마밀환은 종적을 찾을 수 없다. 네 말이 사실이라면 그건 스스로 영성을 가지고 있을 가능성이 높아."

"그렇겠지요. 아마도 제가 과거로 돌아온 것과 관련이 있을 테죠."

"황밀교의 난은 성공할 테지."

"예, 성공해요. 저희는 막을 수 없어요."

"그렇다면 본가 역시 화산파를 밀어야겠구나."

"예. 그리고 본가가 향후 패권을 쥘 수 있도록 해야 해요. 그리고 되도록 황밀교는 제거해야겠죠."

"의선문은 어떻게 할 생각이냐?"

"그들도 함께할 거예요. 그리고 그를 위해서라면 저도 나서야죠."

"좋다. 그러면 추진해 보도록 하마."

"예, 아버님."

강호제일뇌 제갈용문, 그리고 그런 제갈용문을 뛰어넘을지도 모른다고 일컬어지던 제갈화린.

이 두 부녀는 수수께끼 같은 대화를 나누고 있었다.

第十二章

대화

사람과 사람은 대화를 통해서 서로를 이해할 수 있다.

그러나 대화는 불안정한 소통 방법이다.

때문에 늘 분쟁이 끊이지 않는다.

오래전부터의 일상

"의선문의 문주님을 뵙습니다. 저는……."

"저로 말씀드릴 것 같으면……."

장호는 무림맹에서 많은 이들의 방문을 받고 초대를 받았다.

그럴 만도 하다. 의선문은 현재 강호에서 가장 뜨거운 감자다.

그러니 이런 난리가 나지.

장호는 일단 찾아오는 이들을 문전박대하지 않았다.

나름 잘 대해주었다고 할까?

개중에는 실제적으로 업무 제휴에 관한 이야기를 한 문파도 있었다. 예를 들어 의선문의 약을 일괄적으로 공급받고 싶다고 한 문파도 있었다.

의선문의 성장성에 대해서는 다들 의문을 가지고 있지만, 현재 의선문은 비밀에 휩싸인 문파는 아니다.

의선문의 성장에 한 알에 일 년 치 내공을 늘려주는 준영약이 대량으로 사용되었다는 것 정도는 이미 밝혀진 지 오래이다.

사실 이러한 준영약은 다른 명문대파에서도 만들 수는 있다. 문제는 가격이었다.

그런데 의선문에서는 이를 꽤나 저렴한 가격에 대량 양산했다는 정보를 어지간한 문파는 다 알고 있었다.

때문에 이러한 준영약을 공급받고자 하는 이들이 엄청 많았다.

장호는 그들에게 적절한 가격과 동시에 이권을 넘겨받고자 했다. 예를 들자면 유통권 같은 것을 뜻한다.

게다가 준영약 자체도 제조 단가의 약 네 배의 가격에 팔기로 했다.

보통 준영약 하나의 제조 단가는 금자로 한 냥.

그걸 금자 넉 냥에 팔아도 시중에서 구할 수 있는 준영약에 비하면 절반 이하의 가격이나 다름없다.

여하튼 대규모의 거래 계약을 하고, 물밑으로는 은밀하게 동맹 체결 이야기도 오고 갔다.

장호는 그런 이들에게 적절히 대답해 주고 의선문에 도움이 되는 행동을 이어 나갔다.

"후, 지치는구먼."

"스승님, 여기 꿀차예요."

"오냐."

장호는 이연이 건네주는 꿀차를 한 모금 마셨다. 달콤하면서도 씁쓸한 맛이 느껴지는 것으로 보아 어떤 약재가 들어간 듯했다.

"보면서 뭘 느꼈느냐?"

"사람들의 욕심입니다."

"잘 봤구나."

고개를 끄덕이는 장호.

"그들 모두가 다 욕심 때문에 그렇게 움직이는 것이다. 문파를 더 키우고자 하는 욕망이지. 그렇지 않았던들 나에게 와서 그리 아첨을 해댈 이유가 있겠느냐?"

장호의 말은 진실이었다.

"그렇다 해서 그들을 경멸하거나 할 필요는 없다. 욕심과 욕망은 자연스러운 감정이니까. 그런 것을 뭐라고 한다면 이 세상에 노력하는 이가 남겠느냐?"

욕망은 사람이 움직이는 원동력 중 하나다.

더 나은 삶을 위해서, 혹은 더 나은 상태를 위해서 사람들은 욕망을 가진다.

"예, 스승님."

"그나저나 이대로 계속 기다려야 하다니 귀찮군."

장호도 생각하지 못한 부분이 있었는데, 회합을 시작했다고 해서 바로 당장 무림맹주를 뽑는 게 아니라는 것이다.

아직 도착하지 못한 문파도 존재하는 데다 그들이 도착한 이후에도 물밑으로 서로 교섭할 시간을 주어야 하기 때문이다.

장호는 그에 대해서 혀를 찼다.

정파인 대부분이 정치적인 성향을 가지기는 하지만, 이건 좀 심하지 않나 싶기 때문이다.

어쨌든 앞으로 두고 볼 일이다.

앞으로 더욱 많은 이들이 무림맹에 모여들 것이다.

그리고 이런 사람들 사이에서 장호도 나름의 역할을 수행해야 했다.

그가 그리는 그림은 큰 그림이 아니다.

사실 장호는 무림맹의 희생이나 피해는 아무래도 좋았다. 장호는 정파라고 해서 좋게 보지 않으며, 이들이 세상을 대변한다고 생각하지도 않았으니까.

다만 황밀교를 없애고자 하기에 이들과 손을 잡는다.

장호는 그런 정도의 개념을 가지고 있었다.

때문에 이 무림맹에서의 영역 확보는 황밀교를 상대함에 있어 의선문의 영향력이 더 확대되는 것을 뜻했다.

무림맹에서는 의선문의 가맹으로 의선문의 힘을 얻으려고 하는 듯했지만, 사실 그 반대다.

그럼으로써 의선문은 더 큰 세력을 만들 수 있다.

힘을 빌리고 싶다?

빌려주마.

대신 너희도 그 대가를 내놓아야 할 것이다.

그리고 그 대가는 의선문을 더욱 거대하게 바꾸리라.

이미 산서성에 사병집단을 만들었다.

기실 일만에 달하는 무인들이 군병처럼 군진을 이루고 훈련을 하며 무공을 익힌다.

무공을 익힌 군단!

그 수가 일만이면 사실 반란을 일으켜도 될 정도였다.

아니. 산서성의 소작농들과 같은 일반 백성 백만여 명이 의선문이라는 거대한 조직체의 아래에 있는 이 상황에서, 반란은 당장에라도 할 수 있는 선택지였다.

이 정도 힘을 쌓는 데 걸린 시간이 불과 십 년도 안 된다. 경이적이지만, 그리 놀라운 것도 아니었다.

장호는 사람의 생명과 건강을 좌지우지하는 능력이 있고, 그를 잘 이용할 수 있는 두뇌인 임진연과 유병건을 얻었다.

때문에 이것은 당연한 일이다.

남들은 비록 납득하지 못할지라도 말이다.

"대협, 손님이 찾아오셨습니다."

또 누가 왔나?

"누가 왔소?"

"제갈세가입니다."

제갈세가? 왜지? 제갈용문과는 이미 이야기가 끝이 났는데?

장호가 고개를 갸웃했다.

이 시점에서 제갈세가에서 찾아올 리가 만무하다.

"들라 하시오."

장호의 말에 방문이 열리고, 궁장을 차려 입은 미녀가 사뿐히 걸어 들어왔다.

화용월태라는 말은 그녀를 위해서 있는 것일 것이다.

그뿐이랴? 월궁항아가 지상에 강림한 듯 묘한 선기까지 느껴졌다.

"오랜만이에요."

"그렇구려."

"다른 분들은… 물러주셨으면 좋겠어요. 비밀스러운 이

야기거든요."

"그렇게 하리다."

장호가 손짓을 했다.

그 모습에 해천수, 조수연, 그리고 이연은 조용히 일어나 방 밖으로 나갔다.

그들이 나가고 장호는 제갈화린을 보았다. 본래 열넷이었으나 단번에 스무 살이 될 정도로 자라난 여인.

그리고, 지금도 그 외모를 그대로 가지고서 장호를 마주하고 있다.

그녀의 몸에서는 달콤한 향이 나고, 그녀의 피부는 만지면 하얀 가루가 묻어나올 것 같았다.

확실히 인세에 보기 드문 미모다.

"그간 강녕하셨소?"

"덕분에 잘 지냈어요. 아주 건강하고, 보다시피 활달하답니다."

"그건 잘되었구려. 축하드리오."

장호의 느긋한 말에 그녀의 붉은 입술이 말려 올라가며 피식 하고 웃음을 터뜨린다. 어쩐지 세속적인 미소이지만, 그게 또 잘 어울려서 넋이 나가게 만드는 매력이 있었다.

그러나 장호는 무덤덤했다.

성욕이나 이성에 대한 미추로 흔들리기에는 장호가 건너

온 세계가 너무 크고 깊었다.

죽음과 맞바꾸어 과거로 역행했다는 것만으로도 보통의 정신세계와는 거리가 멀어지기 때문이다.

"딱딱하시네요."

"의원이다 보니."

"단지 그뿐인가요?"

"어쩌면 본 문의 무공 덕분일 수도 있소."

"그럴지도 모르겠네요. 아니면 다른 이유일 수도 있겠죠."

"그대와 나에게 일어난 일 같은?"

"예. 그런 특별한 경험 때문일 수도 있으니까요."

"가능성은 확실히 존재하오. 병 중에는 정신병도 존재하니까."

두 명은 평이한 어조로 대담을 나눈다. 그 기묘한 광경은 어쩐지 기괴하고 이질적이다.

하지만, 어차피 이 방 안에는 두 명 외에는 없다.

때문에 둘의 이 기묘한 문답에 대해서 무어라 할 사람은 없었다.

"저를 경계하시는 건가요?"

"그건 아니오만 그대의 행동에 의아함을 가지고는 있소."

"의아함이요?"

"그렇소. 그대는 왜 진 대협을 찾지 않는 거요?"

선검문의 전인 진무룡!

그는 이미 무림에 등장하였다. 그리고 과거에 광서성에 무림맹의 대표로서 찾아오기도 하였고 말이다.

장호는 그 점을 지적하였다.

제갈화린은 분명 진무룡과 연인 사이였다. 전생에서 진무룡은 제갈화린을 위하여 만년화리의 내단을 구하였고, 그 인연으로 둘은 연인이 되었던 것이다.

게다가 과거에 장호는 둘이 서로를 진심으로 사랑했다는 것을 알고 있었다.

그런데 왜 지금 그녀는 진무룡을 찾지 않는가?

비록, 지금에 와서는 장호가 그녀를 치료해 주었지만 그녀는 전생의 기억을 가지고 있다.

그런데 왜?

설마, 전생의 모습은 꾸민 것이었는가? 거짓이었단 말인가?

아니면.

현생에서 더 우선해야 하는 것이 있단 말인가?

"그대는 분명 나와 뜻을 같이 하겠다고 했소."

황밀교.

그들을 무너뜨린다.

"그러나, 뜻이 같다고 해도 그에 따른 방법론이 다를 수도 있다고 생각하오. 그래서 의문이오. 천재라고 불리던, 그리고 실제로 악마와도 같은 두뇌를 가진 당신은 무슨 생각을 하고 있는 것이오? 진 대협은 충분히 큰 전력이오. 그는 무난하게 화경에 이를 것이며, 향후 강호의 판도를 좌우할 거목이 될 테지. 그런데 왜요?"

장호의 질문은 거기서 끝이 났다.

그리고 그런 장호의 질문을 받은 제갈화린은 미소를 지은 채로 그 질문들을 듣기만 하고 있었다.

헤실헤실 미소 짓고 있는 모습은 일견 백치 같아 보이기까지 했다.

하지만 그럴 리가 없지 않은가?

상대는 제갈화린.

그녀가 백치라니?

"역시 장 대협은 시선이 좁으시군요."

꿈틀.

장호의 눈썹이 꿈틀거렸다.

"그래서 이런 대단한 위업을 달성하신 것이겠지만요. 일만의 절정고수로 이루어진 군대를 조직할 생각 같은 것. 저로서는 해본 적이 없었거든요. 천재의 약점… 이라고 할까요?"

그러면서 그녀는 방긋 미소 짓는다.

남성에게는 치명적인 미소이지만, 장호는 그저 침묵하며 이야기를 기다렸다.

"장 대협은 모르시는 이야기를 하나 할까요?"

"무엇이오?"

"이자성의 난. 그 뒤에는 황밀교가 있었어요."

"그건 나도 알고 있소."

이자성.

그는 황밀교의 난이 일어남과 동시에 민란봉기를 일으켰던 자이다. 시기가 공교로우니 당연히 의심할 수밖에.

"그런데 그의 반란은 사실 황밀교에서 부추겨 지원하긴 했지만⋯ 이자성 본인은 황밀교의 사람이 아니죠. 그는⋯ 은룡문의 사람이에요."

"은룡문?"

그건 또 무엇이지?

"은룡문은 강호 전반에 퍼져 있는⋯ 신비문파예요. 아주 먼 옛날부터 강호에 존재해 왔지요. 일종의 비밀결사나 마찬가지인⋯⋯."

"강호에 신비문파가 그렇게 많은 줄 몰랐소."

강호란 곳은 기인이사가 모래알처럼 많다더니.

"이자성은 은룡문 출신이지만, 은룡문의 지원을 받는 이는 아니에요. 은룡문은 그 일에 나서지 않겠다고 이자성에게 말했다 하더군요."

"그건 어찌 알았소?"

"사마밀환을 꺼낼 때 그들이 직접 찾아와서 말해주었으니까요. 그들은 사마밀환을 조심하라고 했죠."

장호의 눈이 찌푸려진다.

사마밀환을 조심하라?

"여하튼… 이자성의 반란은 황밀교의 부추김과 은밀한 지원에 힘입은 것도 있지만, 사실 다른 이유도 있다는 게 큰 문제예요."

"다른 이유가 무엇이오? 제국의 부패나 무능이 이유요?"

"그것도 이유겠지만, 더 큰 문제가 하나 있죠."

그녀는 잠시 말을 끊는다. 그러고는 입술을 달싹이기 시작했다.

[누르하치. 여진족의 대족장이 그를 후원하고 있었던 거죠.]

전음.

장호는 은밀하게 들려오는 그녀의 속삭이는 목소리에 눈을 아주 가늘게 떴다. 노려보는 모양새가 된 채로 장호는 그녀를 보았다.

[여진이라면 사대부족이라 하여 네 갈래로 나뉘어져 있었

던 것 아니었소?]

[무능한 제국의 정부에서 가리고 있을 뿐이에요. 부패한 제국 관리들이 뇌물을 받아먹는 사이에 누르하치라는 자가 네 개의 부족을 통합해 대부족을 이루었어요. 과거 원제국 때만큼은 아니더라도, 현재의 무능한 제국을 처단하기에는 충분할 정도로.]

[심각한 일이로군… 잠깐, 그게 전생의 일이라면…….]

[그래요. 현생에서도 그 일은 진행 중이죠. 황밀교는 강호 전복을 노리고, 이자성은 민중 반란을 시작했으며, 누르하치는 곧 국경을 넘을 거랍니다.]

장호의 표정이 왈칵 일그러졌다.

이 무슨 개떡 같은 상황이란 말인가?

내외가 전부 흔들린다는 뜻이니, 답을 찾기란 요원해 보였다.

[원은?]

[그들도 물론 준동하고 있죠. 그들은 일찌감치 여진족과 손을 잡은 상태예요.]

[엎친데 덮친 격이로구려.]

[바로 그러하답니다.]

이런 걸 두고 무엇이라고 해야 할까?

총체적 난국이라고 해야 하나?

장호는 머리가 아파왔다.

[전생의 저와 제갈세가는 본가의 안녕을 위해서 황밀교를 제거하고, 동시에 이자성의 난을 은밀하게 종식시키고자 노력하려고 했죠.]

[그래서 그대가 파견 나온 것이군.]

[예. 선검문과 황밀교는 과거부터 은원이 있었고, 진 가가는… 어차피 그들과 싸워야 할 운명이었죠.]

[그렇다면 지금은?]

[지금은 다르게 생각하고 있어요.]

제갈화린은 그렇게 말하고 웃던 표정을 지우고 진지하고 또렷한 눈으로 장호를 바라보았다.

[당신은 세상이 어떻다고 생각하죠?]

"많은 이들이 고통 받고 있다고 생각하지 않나요?"

[사실 황밀교의 행동은 옳은 게 아닐까… 그런 가정을 해 보면 어떨까요?]

"앞으로의 상황들 중에서, 백성들에게 가장 피해가 가지 않을 방법을 찾아야 한다고 저는 생각해요."

[이 명제국의 생명은 이미 끝났고, 우리가 발버둥 치는 것이 사실은 백성들을 더 힘겹게 하는 것이라면……. 어떤가요?]

육성과 전음을 오가며 그녀는 차분히 말을 잇는다.

육성이라는 것은 타인이 들어도 된다는 것.

그것은 이 안을 감시하는 이들을 위한 행동이리라.

그러나, 육성의 이야기도 결국은 이어지는 이야기다.

명제국의 생명이 끝났다.

황밀교를 분쇄하더라도, 그것은 변하지 않으며 이후 여진의 군대가 이 안으로 밀고 들어오리라.

"그런가. 고통받지 않을 방법이라. 그게 뭐라고 생각하오?"

[본가는 살아남기로 했어요. 사실… 본가는 완전한 한인도 아니니까요. 춘추전국시대로부터 천 년이 지났다는 걸 아시나요? 삼국시대로부터 수백 년이 지났습니다. 본가는 여러 민족의 피가 합종연횡되어 흐르고 있죠. 사실… 이 중원에 순수 한족이라고 말할 수 있는 이들이 있기나 할지 모를 정도니까요. 다들… 가당치 않은 소리를 하고 있는 것뿐이랍니다.]

"우선 세력이 중요하겠죠. 그리고, 정당한 질서가 필요합니다."

[때문에 본가는… 황밀교의 처단에 앞장서지 않을 생각이에요.]

그녀의 말에 장호는 굳은 표정이 되었다.

제갈세가가 나서지 않는다고?

[명제국의 생명은 이제 다했고, 곧 여진이 밀고 내려올 테죠. 그들은… 지금의 제국으로서는 막을 수 없고, 강호 역시 그 일을 막아낼 수 없으니까요. 황밀교를 막아낸다 한들, 나라가 무너지면 무슨 의미가 있을까요?]

"그래서?"

[장 대협, 저희와 손을 잡아요. 저희는 이미 대계를 준비하고 있어요.]

"어떤 계획이 있다는 거요?"

[신제국 계획. 그것이 본가에서 준비한 대계입니다.]

그녀는 고개를 흔들고는 자리에서 일어선다.

"장 대협, 그 이후의 이야기는 차후에 하죠."

"좋소."

장호는 고개를 끄덕였다. 예상치 못한 무거운 이야기를 들었기에 생각을 정리할 시간이 필요했다.

第十三章

생각

생각이 깊어진다고 해서
반드시 좋은 결론을 내리는 것은 아니다.
장고 끝에 악수를 둔다는 바둑의 격언은
그렇기에 생겨난 것이다.

격언에 대한 이야기

"형!"

"훤칠하게 컸구나."

장호의 얼굴에 오랜만에 큰 미소가 서렸다.

매일 늙은이 같은 표정만 짓고 있던 장호이지만, 지금만큼은 그 나이 대의 청년처럼 밝게 웃고 있었다.

몇 년 만에 보는 큰형이다.

아버지 같은 큰형은 못 본 사이에 더욱 듬직하고 강해져 있었다.

그뿐이 아니다.

장일에게서 은은한 뇌기가 느껴졌다.

자하진기!

이는 자하기공을 익혔다는 것을 의미한다.

자하기공에 숙련된 이는 자하신공을 익힐 수가 있는데, 이 자하신공은 화산파 최고의 절기다.

내가기공 중에서도 다섯 손가락 안에 들어가는 것이 바로 이 자하신공이니, 그 아래 단계라고 할 수 있는 자하기공조차도 문외불출이 당연한 것이었다.

그런데 그런 자하기공을 익히고 있을 줄이야?

게다가 장호가 보니 장일의 내공도 어느 덧 일 갑자는 넘어 보였고, 손에 굳은살로 보아 어마어마하게 검을 수련한 듯싶었다.

본래 농사꾼이었던 장일이 이제는 어엿한 화산파의 무인이 되어 있었으니, 장호는 새삼 감회가 새로웠다.

자하기공을 익히고 있다는 것 외에는 대부분의 장일에 대한 정보를 수집하고 있었던 장호이지만, 이렇게 직접 눈으로 보니 감격하지 않을 수 없었다.

"잘 지냈니?"

"나야 당연히 잘 지내지. 형은 어땠는데? 화산파에서 생활은 괜찮아?"

"꽤 괜찮게 보냈다."

"형수님은?"

"험험, 형수라니… 아직 혼약도 안 했…….."

"도련님 여기 계셨어요?"

문가에서 누군가가 쏙 들어오면서 인사를 해온다.

척!

그녀도 화산파의 제자라서 그런지 포권을 해 보인다.

명영 도사.

그게 바로 그녀의 도명이다. 그녀는 이래 봬도 화산파의 정제자.

그리고 장일과 그녀는 화산파 내에서는 이미 공인된 사이였다.

그녀의 그런 인사에 장일만이 무안한지 험험거리며 헛기침을 해댄다.

그런 모습에 장호는 행복함이 담긴 미소를 지어 보였다.

"참, 이쪽은 내 제자야."

장호가 옆으로 몸을 돌리며 차분하게 서 있는 자신의 제자 이연을 가리켰다.

"만나서 반갑소. 호의 형 되는 사람이오."

"만나 뵙게 되어 영광입니다. 스승님의 문하에서 수학하고 있는 이연이니, 편히 말씀을 낮춰 주십시오."

"그래, 그렇게 해 형. 나이도 형보다 어리다고."

"그러냐? 그러면 그렇게 하겠네."

장일의 말에 이연은 공손히 고개를 숙여 보인다. 이연이 보기에 장일은 꽤나 이상한 사람이었다.

보는 순간 기이하게도 '믿음직하다'라는 감정이 떠오른 까닭이다. 어찌 보면 대인(大人)이라고 할 수 있다고 할까?

이연은 물끄러미 장일을 보다가 손여호를 바라본다. 아름다운 명영 도사라는 사람은 꽤나 장일과 잘 어울리는 모습이었다.

장일의 나이가 제법 되지만, 손여호는 그런 것을 신경 쓰지 않는 모양이었다.

"그런데 연회에 참여할 생각이니?"

"참가하려고 왔으니까 해야지."

"본 문에서 뭔가 부탁한 것은 아니지?"

"응? 부탁이야 당연히 했지."

장호는 천연덕스럽고 자연스럽게 대답해 주었고, 그런 태도에 장일은 굳은 표정이 되었다.

"네가 나 때문이라면……."

"아아, 그것도 맞는 이야기지만 단지 그뿐인 건 아니니까 걱정하지 마. 형도 화산파에 있었으면 세상 돌아가는 이야기는 이제 좀 알 거 아냐."

"무슨 이야기냐?"

"화산파와 의선문. 이 두 문파가 연수하기로 한 것뿐이야. 대신에 섬서성 쪽에 의선문의 지부가 설치될 거고. 화산파에는 본 문의 약들이 제법 저렴하게 공급될 거야. 서로 좋은 거지."

장호는 그렇게 말하고서 빙그레 웃는다. 미공자로 거듭난 장호의 그런 행동에 장일은 어쩐지 낯설음을 느꼈다.

자신의 동생이 언제 이렇게 훌쩍 커버린 걸까?

"형이 없었다면 화산파와 굳이 연수할 것도 없었겠지만, 그렇다고 손해 보는 일은 아니라는 거니까 형은 걱정하지 마. 지금 보니까 화산파에서도 그런 거 때문에 많이 배려를 해준 모양이네."

장일의 눈썹이 꿈틀 거린다.

"배려했다니?"

"자하기공 익혔잖아. 그거 정식 도명을 받은 제자 중에서도 수련이 깊은 이들만 배울 수 있는 거라고."

"도련님은 본 문에 대해서 잘 아시네요?"

"이런 이야기는 개방에서 발행하는 강호대백과에 다 나오는 이야기지 않습니까. 흔한 이야기죠."

"하긴 그렇네요. 맞아요, 본 문에서 장 가가를 많이 배려해 주었죠. 그래서 도련님에게 고마워요. 물론 장 가가의 노력과 재능이 보통이 아니었기 때문에 가능한 일이긴 했지만요."

손여호의 말에 장호는 고개를 끄덕였다. 그럴 것 같았다.

아무리 장호를 배려하기 위해서 장일에게 잘 대해준다고 해도 장일 스스로가 제대로 하지 않으면 아무것도 전할 수가 없다.

명가의 비전이란 그런 것이다.

장일은 스스로의 가치를 입증해 냈고, 장호가 뒤에 있기에 비전이라고 할 수 있는 자하기공을 익힐 수 있었던 것이다.

자하기공만으로도 이미 상승절학이라고 할 만한 것으로, 이것만 익혀도 화경에 오를 수 있다고 할 정도다.

그 위력은 자하신공에 비하면 아래지만, 결코 무시할 수 없는 내공심법인 것이다.

그런 내공이 벌써 일 갑자.

강호 어디에 내놓아도 좋을 그런 무인이 된 것이다.

"삼이는 어떠냐?"

"잘 지내. 요새는 슬슬 독립할까 고민하더라고."

"그래? 그 녀석도 요리가 좋다고 하더니만……."

"안전은 걱정 마. 태원에서는 형을 건들 수조차 없으니까."

숫자가 많으면 이런 점에서 좋았다. 장일은 장삼의 근처에 거의 이백여 명에 달하는 문도들을 파견하여 경호하고 있었던 것이다.

그러한 사실을 설명해 주자 장일은 놀란 표정이 되었다가 씁쓸한 표정을 지어 보였다.

"미안하구나. 내가 형이 되어서 네게 큰 도움을 주지 못하니……"

"무슨 소리! 나랑 삼이 형을 먹여 살린 게 누군데? 그런 소리 하지 마."

"그렇게 말해주니 고맙다."

"고마우고 자시고 할 것도 없어. 형제잖아."

장호는 그렇게 말했다.

"가가, 이제 가봐야 해요."

그때 손여호가 옆에서 장일을 잡아당긴다.

아무래도 다른 약속이 있는 모양이다.

"형, 바쁜가 보네. 어서 가봐."

"그래. 다음에 또 오마."

장일은 그리 말하고서 자리에서 일어섰다.

그렇게 형을 떠나보낸 장호는 잠시 앉아서 생각에 잠겼다.

그리고 그런 장호를 바라보며 이연도 조용히 생각에 잠겨 있었다.

술잔이 오가고, 고성이 여기저기에서 터져 나온다. 웃음 소리. 고함 소리. 그리고 탐욕에서 비롯된 열기가 뿜어져 나와 주변을 후끈하게 달구었다.

대연회.

대부분의 문파에서 사람이 도착했다.

명문대파로 이름난 곳에서는 거의 대부분이 장문인이 직접 참여했고, 중소 규모의 문파들은 전부 문주들이 직접 왔다.

이 대연회에 참석한 문파의 수는 무려 천이백팔십일 개나 된다. 이중에서 명문대파라고 불리는 문파의 수는 스물 정도이고, 그 밑으로 중간 규모의 문파가 삼백 정도 존재했으며, 나머지는 전부 소규모의 문파들이었다.

문파의 크기는 문도의 수로 결정된다.

소규모라면 오십여 명 이하. 중간 규모라면 오백여 명 이하다.

명문대파라고 해도 그 수는 이천을 넘지 않는 것이 보편적이니, 이들이야말로 강호 정파의 전부라고 해도 과언은 아니었다.

소규모 문파 중에서는 무시할 수 없는 솜씨를 가진 문파도 존재한다.

예를 들어 보타산이 그러하다.

아미파와 같이 여승으로 이루어진 이 문파는 그 수가 오십을 채 넘기지 않는 소규모의 문파로서, 해남검파와 이웃한 문파라고 할 수 있다.

이 문파는 그 수가 적지만, 천하를 뒤흔들 정도의 검공이 대대로 계승되어 온다. 또한 이들 보타산의 여승들은 어지간해서는 세상에 나서지 않고, 강호행을 하는 이는 보타산에서 허락을 받은 여승뿐이다.

또한 재미있는 점은 불문의 문파임에도 검을 사용한다는 점으로써, 이는 불가에 뿌리를 둔 문파 치고는 아주 독특하고 특이하다고 할 수 있었다.

물론 아미파에도 검공은 존재하지만 검을 사용하는 문인은 많지 않았다. 사실 불문의 문파 치고 검을 쓰는 문파는 거의 없다고 보아야 했다.

여하튼 그런 가지각색의 문도들이 모여든 가운데 장호는 제자인 이연을 데리고서 연회에 참석해 생각에 잠겨 있는 중이었다.

"흠······."

신제국 계획.

'명제국의 생명은 이제 다했고, 곧 여진이 밀고 내려올 테죠. 그들은… 지금의 제국으로서는 막을 수 없고, 강호 역시 그 일을 막아낼 수 없으니까요. 황밀교를 막아낸다 한들, 나라가 무너지면 무슨 의미가 있을까?'

제갈화린은 분명 악마적이라고 할 만한 천재였다. 그리고 전생에 황밀교의 비처를 찾아가던 당시에도 제갈화린은 제갈세가에서 큰 역할을 하고 있었다.

장호는 몰랐을 여러 정보를 그녀는 알고 있다는 의미이다.

그렇다면 그녀의 말이 맞을 것이 분명했다.

제갈세가에서 수집한 정보를 통해서 이자성의 반란과 여진족의 범람을 확인했을 것이고, 그 결과도 알아차렸을 거다.

그들은 똑똑하고, 영악하며, 그러한 재능을 살려 천 년이 넘게 존속해온 집단이기 때문이었다.

원이 물러간 지 벌써 수백 년.

이제 명이 망할 차례가 온 것이라는 뜻이다.

장호도 이 중원의 역사를 안다. 생각해 보면 한족이 중원을 차지하고 있던 기간은 사실 그리 길지 않다.

원제국 이전에도 여러 민족들이 중원을 침범하고 나라를 세운 바 있기 때문이다.

이제 다시금 그러한 때가 도래했다.

명제국은 부패하였고, 때문에 내우외환을 막을 수가 없다는 제갈화린의 말은 확실한 설득력이 있었다.

제국이 멸망한다.

장호는 다시금 그 의미를 곱씹어 보았다.

제국의 멸망을 장호 스스로가 막아낼 수 있는가?

부패를 척결하는 것조차도 불가능에 가까울진대, 그런 썩은 부분을 도려내고 나서 여진족을 몰아낼 정도의 힘이 그 자신에게 있는가?

제갈화린에게 이야기를 들은 이후 장호는 임진연에게 서신을 보내 놓았다.

여진족의 누르하치에 대해서 조사하고, 현재 남쪽에서 반란을 일으킨 이자성에 대해서 조사하라는 지시를 내린 것이었다.

이번 회합이 끝나고 산서로 돌아갔을 때 새로운 정보를 알 수 있게 될 것이다.

"무슨 생각을 그리 하고 있소?"

장호가 생각에 잠긴 체 연회장을 바라보고 있자니, 누군가가 다가와 말을 걸었다.

장호가 그리로 시선을 주고서 조금 놀란 표정이 되었다.

금련표국주 번청산.

그가 장호의 앞에 서 있었던 것이다.

"자리 하나 내주시려오?"

"여기 앉으시지요."

장호가 옆의 의자를 가리켰다.

번청산은 씨익 웃으며 그의 옆에 앉았다.

"그래, 무슨 생각을 그리 하고 계셨소?"

"그저 강호의 내일을 생각하고 있었습니다. 번 국주님께서도 오실 줄은 몰랐는데 언제 오셨습니까?"

표국은 사실 문파로 취급하지 않는 경우가 많았다. 표국 자체가 일종의 사업체이기도 하지만, 강호의 여러 사건에 그다지 상관하지 않기 때문이다.

표국의 상대는 산적뿐이고, 강호의 여러 문제들에 나서는 경우가 없었다.

"얼마 안 되었소. 그나저나 그대에게 공대를 들으니, 새삼스럽구려."

"오래전부터 신세를 졌었는데, 이제 와서 제가 공대를 안 한다는 것도 이상한 일이겠지요."

"그런가. 확실히 그럴 수도 있겠소."

"소림사의 청 때문에 오셨습니까?"

"그렇기도 하고, 아니기도 하오. 본인의 표국 외에도 많은 표국이 이번에 참석했다오. 그리고 곧 금마장주도 온다고 하더군."

금마장주가 온다?

장호가 이번에는 놀라지 않고 도리어 차분한 표정이 되었다. 금마장주. 이 중원 경제의 이 할을 그가 손에 틀어쥐고 있다고 해도 과언이 아니다.

금마전장과 금마표국을 기반으로 하여 금마상회를 설립한 그는 강호 제일의 큰손이다. 금마장에서 자체적으로 보유한 무사들만 해도 무려 사천여 명에 달한다는 것은 유명한 일이지 않은가?

물론 지금에 와서 의선문의 무사들의 숫자는 거의 일만에 육박하니, 숫자만 따지면 의선문이야말로 개방을 제외한 최대의 무인을 보유한 문파이긴 했다.

하지만.

역시 무시할 수는 없다.

금마장주가 강호의 분쟁에 참여하는 일은 드물지만, 사실 암중에서는 금마장이 개입한 일이 부지기수다.

왜냐하면 금마전장과 표국은 그렇다 쳐도 금마상회가 발족하면서 기존의 상인들과 상권 전쟁을 벌여야 했기 때문이다.

그리고 금마상회의 상권 확립은 여러 가지 문제를 야기했다.

자금력이 풍부하고, 자체적으로 강력한 유통력을 가지고

있는 금마장이지 않던가? 다른 상회나 상인들의 상권을 빼앗기에 충분한 일이었다.

그 와중에 상인들은 여러 가지 수단을 동원하여 금마장의 금마상회를 공격했고, 반격을 당해서 도리어 그들이 죽는 경우가 부지기수로 벌어졌다.

상인들의 그런 상권 전쟁에는 권력가들뿐만 아니라, 강호의 문파들도 끼어들어 있다.

그러다 보니 금마장에 은원을 가진 이들이 많아지게 되었는데, 문제는 금마장의 세력이 강성하다는 데에 있었다.

금마전장과 금마상회는 산서성에도 있었다. 다만 금마표국만이 산서성에 없을 뿐.

물론 지금에 와서는 금마장이라고 해도 산서성에서 크게 기를 펼 수가 없다.

산서성은 이미 장호의 것.

의선문 없는 산서성의 생활은 산서성 사람들에게 아예 생각조차 할 수 없는 것이기 때문이다.

"그건 놀라운 소식이군요. 금마장주는 지금까지 강호에 모습을 잘 보이지 않은 것으로 압니다만……."

"그렇기에 이례적인 것이오."

장호는 단지 이례적인 것이 아니라고 생각했다. 전생의 황밀교의 난. 그 난리 통 와중에서도 금마장은 중립을 표방

하며 움직이지 않았으니까.

　무엇이, 어떻게 바뀐 거냐?

　제갈화린, 이것도 네가 바꾼 미래인 거냐?

　장호는 속으로 생각을 이어갈 수 없었다.

　"본인은 장 문주에게 감사하고 있소."

　"개의치 않으셔도 됩니다."

　그것은 당신이 아닌, 소림사의 원허 대사를 위해서였으니
까.

　"스승님께서도 감사하고 있소."

　요광 대사가? 그러고 보면… 요광 대사는 지금쯤이면 천
수를 누리고 입적을 했어야 할 시간이다.

　"요광 대사께서는……."

　"힘겨워하고 계시지만, 아직 정정하시오."

　이것도 바뀌었는가.

　"두 사형이 스승님을 두고 부처님의 곁으로 갔으니, 괴롭
지 않을 리가 있겠소?"

　"아미타불."

　"하하, 장 문주가 불호를 말하니 기분이 이상하구려."

　번청산의 말에 장호는 고개를 내저었다.

　"원허님께서는 어떠십니까?"

　"사형은 폐관 수련 중이오. 중요한 무공을 익히고 있다고

하더구려."

결국 익히는 것인가. 혈광승의 운명은 바꾸지 못하였구나.

장호는 가볍게 한탄을 했으나, 어쩔 수 없다고 생각했다.

"번 국주님께서는 운명이란 정해져 있다고 생각하십니까?"

"뜬금없는 질문이로군."

"원허 스님 때문에 그렇습니다."

"원허 사형이? 무슨 말이오?"

"원허 스님만 살아남았다. 그게 운명이라면… 그렇게 정해져 있었다면, 그리고 본인이 그걸 안다면, 어떨까요?"

"정해져 있다라? 그리고 알았다라?"

번 국주는 잠시 생각하더니 가볍게 응수했다.

"발버둥 쳐야 하지 않겠소?"

"발버둥……."

"그렇소. 우리가 하려는 일 모두가 결정되어 있다 할지라도. 부질없는 일이라 할지라도. 발버둥이라도 쳐야지. 그게 우리가 자유의지를 가진 이유가 아닐까 하오."

자유의지.

장호는 번청산의 말을 속으로 곱씹었다.

"가르침에 감사합니다."

"하하, 가르침까지야 뭐 있겠소? 그나저나… 본인이 장국주에게 이리 온 것은 이유가 있소이다."

"또 다른 가르침이 있으신지요?"

"별건 아니오. 최근에 본인의 표국이 돈을 아주 많이 벌고 있다는 것을 알고 있소?"

"사업이 번창하신다니 잘된 일이로군요. 다만 제가 소식을 전해들은 바는 없어서 송구합니다."

"허헛, 재미있는 일이로군. 본인의 표국에 가장 일거리를 많이 주는 곳이 바로 장 문주의 의선문이라오."

"그랬었군요."

그랬던가?

장호의 주력 사업은 선문의방이다.

하지만, 지금에 와서 가장 큰 소득을 올리는 곳은 바로 백만에 달하는 소작농들이 생산하는 각종 농산물과 약재들이었다.

즉 일차 생산과 가공을 하고, 유통과 도소매까지 한꺼번에 하고 있는 것이다.

그뿐이 아니다.

산서성의 산적이라는 산적은 전부 일소하고 있고, 사파들까지 모조리 공격하여 처리하고 있었다.

이렇게 되면 산서성은 완전히 청정 구역이 되고 만다.

의선문은 상당히 체계적으로 부도덕한 일들을 배제해 나가고 있었으니까.

이렇게 되면 표국에 일이 없어질 것 같지만, 사실 일거리가 늘어났다.

산적이 없어짐으로써 상인들의 상행과 일반인들의 여행이나 이동이 용이해진 까닭에 일거리가 폭발적으로 늘어난 것이다.

게다가 산적이 없다고 해서 습격이 없는 것은 아닌지라 표사들의 일거리가 떨어진 것도 아니었다.

산적은 없지만 습격자들은 여기저기 있다.

이유?

별게 아니다.

상인들 사이에도 서로 여러 가지 파벌이 있어 경쟁하게 마련이고, 개중에는 음습한 일처리로 돈을 벌려고 하는 이들도 부지기수이기 때문.

다만 한 번에 고용하는 표사의 수는 줄어들었다.

대신에 표행이 엄청 늘어났다. 인력 부족이라고 할 정도로.

그러다 보니 산서성은 전체적으로 경제가 빠르게 성장하고 있는 중이었다.

"그래서 하고 싶은 이야기가 있소."

"경청하겠습니다."

"본인의 표국과 힘을 합쳐서 하북성에 진출해 보는 것은 어떻소?"

하북성?

하북성에는 진주언가. 하북팽가. 그리고 개방이 있다.

개방은 천하 여기저기에 퍼져 있긴 하지만, 하북성은 개방의 본진이라고도 할 수 있는 곳이었다.

그뿐인가?

도의 명가 하북팽가가 존재하기도 하는 곳이 바로 하북성이다.

진주언가는 그들 특유의 장의업 외에는 관심을 두지 않는 집단이니 마찰을 빚을 건덕지가 별로 없고 개방도 무소유를 기조로 하니 역시 부딪칠 일은 없을 터.

그러나 하북팽가는 다르다.

그들은 하북성을 장악하고 있는 집단이고, 의선문의 상권 확립을 그리 좋게 보지 않을 것이 분명했다.

"소림사의 의지입니까?"

"그렇소."

장호의 날카로운 질문에 번청산은 그저 고개를 끄덕여 긍정을 해주었다.

소림사가 하북성으로의 진출을 원한다라?

하남성은 소림사의 영역.

소림사의 속가제자들이 세운 문파와 표국이 하남성 전역을 채우고 있다.

그런 소림사에서는 이번에 하북성 진출을 원하는 것이다.

왜일까? 소림사는 지금까지 다른 지역으로 진출할 의도를 가지고 행동한 적이 없었는데?

이것도 미래가 바뀐 영향인가?

"생각을 해봐야겠습니다. 이미 저희는 섬서성에 진출하기로 했거든요."

"화산파가 가만히 있겠소?"

"화산파와 연수하고 있습니다."

"그렇구려. 일단 깊이 생각해 주시오."

"알겠습니다."

장호는 그리 응수했고, 번청산과 잔을 나누었다.

그때다.

좌중이 조용해지고, 한 명의 사내가 상석으로 걸어와 앉는 것이 보였다.

이제 곧 임기가 끝나는 무림맹주의 등장이었다!

第十四章

맹주회견

우두머리는 책임과 의무를 모두 가져야 한다.
그것이 힘을 가진 자의 자세이다.

위정자

무림맹주.

무림맹을 통치하는 자이지만, 사실상 그 권력이 그렇게 대단한 것은 아니다.

이유는 별게 아니다. 무림맹이라는 것 자체가 수없이 많은 문파들의 연합체. 때문에 무림맹 소속 사람들은 각 문파의 이익을 대변할 수밖에 없기 때문이다.

그래서 무림맹 내부에는 여러 가지 문파들이 파벌을 이루고 있고, 그들은 이합집산을 반복하면서 정치적인 행동을 한다.

무림맹은 무림맹의 권역 안에서 통용되는 여러 가지 법률을 만드는데, 무림맹에 가맹한 문파라면 모두가 다 그 법률을 만드는 데 참여할 수 있었다.

일종의 의회 같은 것인 것이다.

당연히 강한 문파의 곁으로 중소 문파가 몰려든다. 그리고 그것은 파벌을 만들게 되는 것이다.

현재 무림맹은 다섯 개의 파벌로 나뉘어져 있다.

팔대세가. 구파일방.

이들을 주축으로 다섯 개의 분파로 갈라진 것이다.

그런 와중에 무림맹주를 십 년간이나 해온 이는 바로 곤륜파의 운선진인이라는 노도사였다.

곤륜파에서 무림맹주가 나온 것에는 여러 가지 이유가 있다. 우선 곤륜파가 자리한 청해성은 사실상 중원이라고 할 수 없는 머나먼 변방으로, 사실상 서역이나 마찬가지인 지방이다.

때문에 중원의 권력 향방이나, 정치적인 성향과는 무관한 곳이 청해성이었다.

그뿐만이 아니다. 청해성은 기이할 정도로 외적의 침입이나 전쟁이 드물었다. 그 지역의 다른 민족들 성향도 온건했고, 탐욕을 부를 자원이 있는 것도 아니라서 중원인들도 그쪽에 대해서 무관심했다.

때문에 수백여 년간 별 다른 탈 없이 살아온 지역이다 보니, 아무도 그곳에 대해서 신경을 쓰지 않게 되었다.

때문에 청해성에 자리 잡은 곤륜파도 평안하게 수백여 년을 지내 왔다.

사실 정사대전이나, 정마대전이 일어날 적에도 청해성이 직접 공격받은 적이 없을 정도.

그나마 청해성의 문제라면 넓은 들판을 무대로 하는 마적들이지만, 그들 정도는 곤륜파의 상대가 될 수 없었다.

그런 곤륜파이기에 정치적으로는 중립.

때문에 운선진인이 무림맹주가 될 수 있었다.

곤륜파에서 무림맹주가 나온다고 해서, 곤륜파에 득이 되는 것은 그다지 없었다.

과거에 비해서 경제적으로 조금 더 윤택해지고, 제자를 들이는 데 조금 더 유리해진 정도일 뿐이다.

여하튼 운선진인은 지난 십 년간 무림맹을 무탈하게 잘 이끌어 왔다. 서로 욕심에 눈이 벌게져서 으르렁거리는 이들을 잘 중재해 온 것이다. 또한 흑사칠문과 크게 분쟁도 일으키지 않았고, 무사안온한 십 년을 보내었다.

어찌 보면 무림맹주의 자리는 별게 아닐 수도 있었다.

운선진인만 보아도 그렇지 않은가?

장호는 운선진인을 보면서 화경에서도 상급에 이른 도인

이라는 것을 알아차렸다. 일전 싸웠던 검치 순우생과 비슷한 느낌이 들었던 것이다.

기도나 기운을 느낀 게 아니다.

일종의 육감으로 알아차린 것.

하지만 이런 감각은 어지간해서는 틀리지 않는다는 것을 장호는 아주 잘 알고 있었다.

무림맹을 운영하면서도 수련에 힘쓴 것인가?

저 정도면 거의 삼존에 근접한 수준인데…….

천하십대고수. 그중에서도 특출나게 강한 자들이 바로 삼존. 이들은 다른 천하십대고수에 비하여 확실히 한 단계 위인 절대자들이다. 현경이라는 전설의 경지에 이른 것은 아니나, 이들은 거의 현경에 도달한 이들이라고 할 수 있었다.

내공의 양이서도 확연한 차이가 난다.

삼존에 이른 이들은 적어도 사 갑자 이상의 내공을 가진 것으로 알려져 있으니, 이는 인간을 초월했다고 할 수 있으리라.

여하튼 무림맹주인 운선진인도 천하십대고수 중 하나로 알려져 있다.

그런데 이 노도인이 벌써 삼존에 버금갈 정도가 되었을 줄이야.

그리고 보면 전생에서 운선진인이 십육황신과 어떻게 싸

왔었는지 알려진 바가 없었다.

그는 황밀교의 난 당시에 무엇을 하고 있었을까?

"맹주님께서 입장하십니다!"

호위무사가 내공을 실어 쩌렁쩌렁하게 외쳤다. 내공이 제법 심후한 듯 소리가 울려 퍼졌고, 와자지껄하게 이야기를 나누던 모든 이들이 입을 다물었다.

저벅저벅.

허연 수염을 길게 기르고, 마치 신선과도 같은 모습으로 걸음을 옮기는 노도인의 모습을 모두가 지켜본다.

그런데 다들 보니 조금은 당혹한 모습이다.

사실 그도 그럴 것이다. 운선진인의 몸에서는 마치 광활한 하늘의 구름 같은 기운이 흘러나오기 시작했기 때문이다.

"우선… 무림맹의 회합에 참석한 모두에게 감사드리오. 이미 아시는 분도 계시겠지만, 본도가 아직 무림맹의 맹주직을 맡고 있는 운선이오이다."

운선진인.

장호는 그를 본 것이 처음이다.

이야기로만 들었으나, 생각보다 엄청나게 대단한 무인이었다.

저런 자가 허수아비 맹주라고 불리었었다고?

정말이냐?

"오늘로 본도는 무림맹의 법규에 따라 무거운 맹주의 직위를 내려놓게 되었소. 지난 십 년간 본도를 잘 따라주어 강호의 동도분들께 감사의 인사를 드리는 바이오."

운선진인이 잔을 집어 들었다.

"본도가 축하의 의미로 석 잔의 술을 마시겠소."

그러고는 연거푸 석 잔의 술을 마셨다.

"그러면 이제 내일의 무림맹을 위하여 모두 잔을 듭시다. 무림맹의 내일을 위하여!"

무림맹을 위하여!

모두가 합창하며 잔을 든다.

그렇게 술잔을 모두 마시고, 그때부터 다시금 와자지껄한 분위기로 되돌아왔다.

그러나 장호는 안다.

대부분이 힐끔힐끔 운선진인을 보고 있다는 것을.

"어떻게 생각하오?"

"대단하다고밖에는 말할 수 없겠습니다. 저는 처음 뵙습니다만… 이 정도면, 어마어마하게 강하신 듯하군요."

번 국주의 말에 장호는 흥미롭다는 표정을 지어 보였다. 사실 장호의 나이는 이제 스물을 넘은 정도.

이 자리에 있을 연배가 아니지만, 누구도 장호를 무시하지 못하였다. 장호 홀로 운남 오독문을 처리했고, 시령각을 멸문시켰으니까.

"그런데 장 문주. 궁금한 게 있는데 한 가지 물어봐도 좋겠소이까?"

"궁금하신 점이 무엇입니까?"

"그대가 금강불괴라던데… 맞소?"

"글쎄요. 제가 진정한 금강불괴인지는 모르겠습니다만 적어도 검기 정도로는 상처를 입지는 않고 있습니다."

사실 검강으로도 상처를 거의 입지 않는다. 강기를 사용한 강력한 무공이 아니라면 피를 보기 어려울 정도.

그러나 그런 것까지 말하지는 않는 장호였다.

"그거 대단하구려."

번청산은 놀란 표정이 되었다.

"그것도 의술 덕분이오?"

"물론입니다."

장호의 말에 번청산은 생각에 잠긴 듯했다.

"하오문이나 개방에만 문의해도 알 수 있는 이야기들입니다만……."

"본인이 하는 말과는 무게감이 다르지 않겠소?"

"그렇긴 합니다. 그런데 왜 물으셨는지 알 수 있겠습니까?"

"스승님께서 한번 장 문주를 만나고 싶어 하시오. 다만 그

분께서 건강이 좋지 않아, 장 문주가 한번 방문해 주셨으면 하였소."

"제 의술이 필요하신가 보군요."

"그런 셈이오."

"알겠습니다. 회합이 끝나고 바로 소림사를 방문하겠습니다."

"잘 부탁하오."

장호는 그의 말에 고개를 끄덕였다.

소림사의 요청이라.

소림사와 가깝게 지내서 나쁠 것은 없다.

그렇게 생각하며 장호는 좌중을 바라보았다. 그리고 시선을 돌리다가 제갈화린과 시선이 마주쳤다.

그녀의 눈빛을 잠시 바라보던 장호는 고개를 돌렸다.

금마장주는 언제 도착할 것인가?

그가 오고 있다는 것은 번청산에게 들었다.

그가 등장하는 때가 화룡점정일 테지.

장호는 그리 생각하며 잔을 들었다.

술잔 안의 술은 무척 맑았지만, 장호의 속은 복잡하기 짝이 없었다.

*　　　*　　　*

대연회를 비롯한 여러 행사는 십 일이나 계속되었다. 그동안 이합집산을 반복하여 파벌들은 앞으로 어떻게 할지를 정해 나갔다.

장호는 그런 자리에서 단지 이렇게 말했다.

의선문은 화산파를 지지한다.

그 말을 공식적으로 한 것은 그만큼 화산파를 크게 돕겠다는 의미였다.

제갈세가는 그렇게 대놓고 선언을 하지는 않았지만 다른 파벌들에게 휩쓸리지 않으며 중립적으로 있겠다는 모습을 보였다.

그런데 의선문은 제갈세가와 이미 동맹 관계.

그러니 화산파. 의선문. 제갈세가의 삼파가 이미 연합했다고 다른 이들에게 보일 수밖에 없었다.

또한 화산파에는 속가제자 출신의 문파들이나 화산파와 이미 연수하기로 한 문파들도 제법 되었다.

다섯 개의 파벌 중 하나가 바로 화산파가 이끄는 파벌이니 당연하다면 당연하다.

거기에 의선문과 전혀 다른 파벌이었던 제갈세가의 가세는 힘의 기울기를 기울게 만드는 효과가 있었다.

세 개의 파벌이 화산파를 지지하기로 결정하며 집결하자,

다른 파벌의 수장들은 불편함을 대놓고 드러내기에 이른다.

그들은 어떻게든 세력을 불리려고 노력했으나, 의선문의 영향력이 너무 컸다.

그러던 어느 날 금마장주가 무림맹에 들어섰다.

*   *   *

금색의 화려한 장포를 입은 중년 사내가 팔인교를 타고 무림맹의 정문으로 들어선다. 그가 탄 가마를 메고 있는 이들도 그저 그런 하인이 아니었다.

모두 흑철로 만든 중장갑을 입고 있었고, 걸음 하나하나에 힘이 넘쳤으며 움직임이 가볍기 그지없었다.

이는 절정의 경신공을 익히고 있다는 증거.

또한 팔인이 마치 한 몸처럼 움직이니, 이는 적어도 절정의 무인이라는 의미였다.

절정에 달한 무인이 겨우 가마를 메고 다닐 줄이야?

하지만 이들의 무장을 보면 단순한 가마꾼이 아니라는 것은 알 수 있었다.

세상에 어떤 가마꾼이 중장갑을 착용하고서 돌아다닌단 말인가?

또한 그들이 메고 있는 가마도 보통의 가마는 아니었다.

화려한 장식이 정교하게 새겨져 있었고, 여러 가지 금이나 은 같은 귀금속으로 치장되어 있었다.

그뿐인가? 가마에 앉은 사내도 보통은 아니었다.

금색의 화려한 궁장을 입은 그는 삽십 대 초반의 젊어 보이는 사내였는데, 그 두 눈동자도 특이하게 금색으로 번쩍이고 있었다.

외견을 보면 전반적으로 키가 크고 뼈가 굵은 호남형의 사내로서 무인으로서 아주 좋은 몸을 가지고 있었다.

금안을 가지고 있다는 것만 제외한다면 준수하고 호탕해 보이는 사내였는데, 그를 본 모두가 알 수 없는 위압감을 느껴야 했다.

이 사내가 베일에 싸인 금마장주!

실제로 젊은 것인가? 아니면, 반로환동을 하기라도 한 것인가?

세인들은 팔인교를 타고서, 수십 명의 무인의 호위를 받으며 마치 왕처럼 들어오는 금마장주를 보며 탄성을 터뜨려야 했다.

누구라도 놀랄 것이다.

이토록 대단한 세력이라니!

수십 명의 무인 전원이 절정의 무사였으니, 어마어마한 전력이 아니고 뭐겠는가?

금마장주가 도착하자 저번처럼 모용휘가 나와서는 맞이했다.

금마장주는 가마에서 내리지도 않고 손짓하며 무어라 이야기했고, 모용휘는 그런 금마장주 일행을 데리고 무림맹의 내원으로 향했다.

그곳에는 오로지 금마장주만이 머물기 위해서 만들어진 전각이 한 채 있었다.

이것은 금마장주가 거액의 기부금과 함께 직접 무림맹 내부에 세워둔 금마장주의 사유재산인 건물이었다.

금마장의 무리가 그 전각 안으로 사라지자, 다들 그 규모와 재력에 혀를 내둘렀다.

평생을 가도 저런 금력을 쌓을 자신이 사람들에게는 없었던 것이다.

그리고 그 소식은 장호에게도 들어갔다.

*　　　*　　　*

"슬슬 배우들이 다 모이나 보군."

장호는 무림맹 내부의 일에는 그다지 큰 의미를 두지 않았다.

어차피 전생에서도 무림맹은 그다지 뛰어나지 않았다.

이번에도 그럴 것이다.

게다가 무림맹을 좌지우지할 수 있는 실력을 가진 제갈화린은 도리어 무림맹이 속한 명제국이 망할 것이라 이야기했다.

장호로서는 명제국에 의리나 어떤 정리 따위가 조금도 없기에 충격은 받았지만 단지 그것뿐이었다.

문제는 황밀교다.

황밀교를 용납할 수 없다는 건 장호 스스로도 잘 알았다. 그러니 황밀교와는 싸워야 하는데, 이게 새롭게 나라가 세워지는 것과 관계가 있을까? 하고 고민이 드는 것이다.

"스승님, 본 문은 화산파와 함께하는 건가요?"

가느다란, 그리고 길고 아름다운 속눈썹이 흔들린다.

이연은 스승인 장호의 옆에서 차를 따르며 물었다.

그녀가 우려낸 차의 향기가 금세 방 안으로 퍼진다. 조수연과 해천수는 친우들을 만나러 간다며 밖으로 나간지라 여기에는 둘밖에 없었다.

"형님이 그쪽에 계시니까 그럴까 한다."

장호는 조용히 향기로운 찻잔을 들어 입에 가져다 대며 대꾸했다.

차의 따스한 온기가 그의 입안에 잠시 머물렀다.

"별다른 문제는 없을까요?"

그런 장호에게 이연은 지극히 당연한 질문을 던진다.

"글쎄다. 지지를 한다고 해서 화산파에서 무림맹주직을 차지할 수 있을지는 모르겠구나. 금마장주가 어떤 생각을 가지고 있느냐에 따라 다르겠지."

그리고 그런 이연에게 장호도 자신이 아는 바를 자연스레 말해주었다.

차가 맛있었기에 장호는 차를 잠시 음미하다가 다시 입을 열었다.

"금마장은 강호 제일의 세력이라고 할 수 있다. 무인의 수는 우리보다 적지만, 강호 전역에 금마장에 속하여 일하는 사람의 수가 거의 수십만에 달하지."

"저희도 백만은 되지 않나요?"

"다만 우리는 토호와 같다. 땅을 중심으로 하지. 그러나 금마장은 돈의 흐름을 중심으로 한다. 그 영향력의 넓이와 크기는 우리보다 더 크고 거대해. 때문에 금마장주가 어떻게 생각하느냐에 따라서 무림맹주의 선출은 크게 달라질 것이다."

"스승님은 별 걱정 없으신 건가요?"

"걱정할 거야 뭐 있겠냐? 화산파가 안 된다고 해서 불이익을 받을 것도 없다. 화산파가 되면 좀 더 낫겠지만 단지 그뿐이지. 어차피 이런 정치적인 일들이 나와 우리에게 큰 영향을 미치는 것도 아니란다."

"어째서죠?"

"우리는 이미 타인의 눈을 신경 쓸 필요가 없어졌거든. 그리고 다른 세력들이 신경 쓰지 않던 이권을 계속해서 얻을 수 있으니까."

의약 사업.

이것은 사업이라고 할 정도로 크게 융성해 있는 것이 아니다.

제갈세가와 사천당가. 그리고 운남 오독문이 의약 사업을 하고 있다고는 하지만 그렇게 체계적이라고 할 수는 없었다.

비단, 곡물, 차.

이 세 가지가 중원에서 가장 많은 교역 물품인데 반해서 약재는 그리 크게 교역을 하지는 않는다.

때문에 장호의 사업을 막을 자가 없다. 이권이 부딪칠 부분도 없고. 있다 해도 그 수는 많지 않다.

그리고 그걸 기반으로 다른 사업으로 하나씩 손을 뻗는 거다.

가장 편한 것은 역시 토지 사업.

황무지 개간은 힘겹지만, 해내면 돈이 된다. 그걸로 소작농에게 좋은 대우를 해주어 소작농을 대량으로 흡수한다.

즉 지금까지대로 하면 뭐든지 할 수 있다!

돈을 번다. 그리고 사람을 모으면서 땅을 늘린다. 그 사람들을 대상으로 여러 사업을 한다.

궁극의 내수 시장 사업인 셈이다.

그러니 장호에게는 사실 이 무림맹의 회합도 아무래도 좋은 일이었다. 굳이 참여한 것은 혼자서 황밀교와 싸울 필요가 없기에 무림맹이라는 단체와 연대를 해둘 필요가 있기 때문이었을 뿐.

물론 거기에는 형을 위해서 화산파와 협력한다는 이유도 포함되어 있다.

"문제는 곧 전쟁이 터진다는 거지."

이자성의 반란.

그건 정말로 큰일이다.

듣자 하니 이자성의 반란이 조금만 더 장기화되면 누르하치의 여진족 군대가 밀고 내려올 거라고 했다.

현재 모용세가가 그것 때문에 바싹 긴장해 있다나?

모용세가가 길림성에 있으니 당연하다면 당연한 일이다. 모용세가 자체가 과거 춘추전국시대의 왕족의 후예들이고, 그들은 대대로 길림성을 지배해 왔다.

그런 길림성의 북쪽, 북동쪽, 동쪽에는 여진족이 드글드글한 상황.

그들이 밀고 내려오면 모용세가는 둘 중 하나를 선택해야 한다.

여진족에 협력하든가, 아니면 본가를 버리고 탈출하든가.

물론 그들이 길림성의 제국군과 협력할 수도 있겠지만 그렇다고 여진의 군대를 막을 수 있을까?

아니. 그것은 불가능하다.

"전쟁… 그건 정말일까요?"

"아아, 진실이다. 확실히 전쟁이 일어날 거야."

제갈화린은 장호 자신처럼 과거로 되돌아왔다. 그러하니, 그녀의 정보가 틀릴 리가 없다.

"전쟁은 일어나고 명제국은 형편없이 밀린다. 그건 기정사실이야. 그러니 우리가 어떻게 해야 할까. 그게 문제라서 고민 중이지."

"그게… 고민하실 일인가요?"

"응? 그럼?"

"본 문은 이제까지대로 하면 된다고 생각해요. 어차피 전쟁에서 진다면… 본 문이 어떻게 해도 의미는 없잖아요. 그 이후에는 적당히 새로운 황실과 교섭을 하면 되는 일이 아닐까 싶어서요."

"흠?"

장호는 이연의 말에 놀라서 눈이 휘둥그레져 버렸다.

"듣고 보니 그렇구나. 우리 이연이 똑똑한데?"

생각해 보면 나라가 없어진다고 해도 당장 망하는 것도 아니다. 벌써부터 여진에 협력할까 말까 고민할 필요도 없는 것이다.

지금까지 했던 것처럼 산서성을 더 철저하게 장악하고, 의선문의 무인 수를 늘려 군대화한 무인들을 양성한다.

그것만으로도 옳은 것이다. 거기에 더해서 화탄 같은 것도 어떻게든 손을 대 두거나, 확보할 방안을 마련하면 좋겠지.

장호는 그 생각에 고개를 끄덕였다.

"잘 말했다. 역시 내 제자야."

장호의 말에 이연은 볼을 살짝 붉힌다.

그렇게 두 사제는 제법 좋은 기분이 되었다.

그래. 고민할 것 없다.

하던 대로 한다. 기본이 중요한 거니까.

장호는 그리 결심했다.

『의원귀환』 9권에 계속…

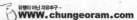

절정고수들이 하늘 높은 줄 모르고 질주하는 현 세상.
서른여덟 개의 세력이 서로를 견제하는 혼돈의 시대.

그 일촉즉발의 무림 속에
첫 발을 디딘 어린 소년.

"나는 네가 점창의 별이 되기를 원한다."

사부와의 약속을 지키고
난세로 빠져드는 천하를 구하기 위해
작은 손이 검을 들었다!

박선우 新무협 판타지 소설 FANTASTIC ORIENTAL HE

풍운사일

데일리 히어로

FUSION FANTASTIC STORY

인기영 장편 소설

지금까지 이런 영웅은 없었다!

『데일리 히어로』

꿈과 이상을 가진 평.범.한. 고딩 유지웅.
하지만……
현실은 '빵 셔틀'일 뿐.

그러던 어느 날, 유지웅의 앞에 나타난 고양이.
그(?)로 인해 모든 것이 바뀌었다.

선행! 선행! 그리고 또 선행!

데일리 히어로 유지웅의 선행 쌓기 프로젝트!

Book Publishing CHUNGEORAM

유행이 아닌 자유추구
WWW.chungeoram.com

즐거운 인생

미더라 장편 소설

FUSION FANTASTIC STORY

A Bittersweet Life

삶의 의욕을 모두 잃은 주혁.
어느 날 녹이 슨 금속 상자를 얻는데……

"분명 어제도 3월 6일이었는데?"

동전을 넣고 당기면 나온 숫자만큼 하루가 반복된다!

포기했던 배우의 꿈을 향해 다시금 시작된 발돋움.
눈앞에 펼쳐진 새로운 미래.

과연 그는 목표를 이루고
인생을 바꿀 수 있을 것인가!

Book Publishing CHUNGEORAM

유행이 아닌 자유추구 -
WWW.chungeoram.com

The Record of Dragon's Return
재중 귀환록
푸른 하늘 장편 소설
FUSION FANTASTIC STORY
『현중 귀환록』, 『바벨의 탑』의
푸른 하늘 신작!
이계를 평정한 위대한 영웅이 돌아왔다!
어느 날 갑자기 찾아온 부모님의 죽음.
그리고 여동생과의 생이별.
모든 것을 감당하기에 재중은 너무 어렸다.
삶에 지쳐 모든 것을 포기할 때, 이계에서 찾아온 유혹.
"여동생을 찾을 힘을 주겠어요.
…대신 나를 도와주세요."
자랑스러운 오빠가 되기 위해!
행복한 삶을 위해!
위대한 영웅의
평범한(?) 현대 적응이 시작된다!
Book Publishing CHUNGEORAM
유행이 아닌 자유추구 -
WWW.chungeoram.com

문용신 新무협 판타지 소설
FANTASTIC ORIENTAL HEROES

한량 아버지를 뒷바라지하며
호시탐탐 가출을 꿈꾸던 궁외수.

어린 시절 이어진 인연은
그를 세상 밖으로 이끄는데……

"내가 정혼녀 하나 못 지킬 것처럼 보여?"

글자조차 모르는 까막눈이지만,
하늘이 내린 재능과 악마의 심장은
전 무림이 그를 주목하게 한다.

"이 시간 이후 당신에겐 위협 따윈 없는 거요."

무림에 무서운 놈이 나타났다!

Book Publishing CHUNGEORAM

유행이 아닌 자유추구 -
WWW. chungeoram.com